闇同心そぼろ

坂岡　真

幻冬舎時代小説文庫

闇同心そぼろ

目次

第一章　風花心中《ふうかしんじゅう》

一

天保十年、霜月。

暮れ六つを報《しら》せる鐘の音が、凍えたように尾を曳《ひ》いた。

霜月もなかば、冬至を過ぎると江戸は寒の入りを迎える。

「白いもんでも落ちてきそうだな」

定橋見廻《じょうばしみまわ》り同心の「そぼろ」こと猪山主水之介《いのやまもんどのすけ》は背を丸め、かさねた掌《てのひら》に息を吐きかけた。

丈《たけ》六尺の大きなからだを三つ紋付きの黒羽織に包み、四角に締めた博多《はかた》帯《おび》の背中には朱房の十手を差している。髪は小銀杏《こいちょう》に結いあげ、雪駄《せった》を引きずる足もとには裏白の紺足袋《たび》を履いていた。

八丁堀同心の粋《いき》を衒《てら》っても、空《から》っ脛《つね》ではいかにも寒い。

顔色は蒼白で、角張った顎は無精髭《ぶしょうひげ》の先まで凍りつき、仲間内で「虎のような」と喩《たと》えられる双眸《そうぼう》にも生気がない。

「そぼろよ、凍えそうだぜ」

同役の坂木《さかき》玄之丞《げんのじょう》が身を寄せ、白い息を吐きかけてきた。

北町奉行所や大番屋の連中が親しげに呼ぶ「そぼろ」という綽名《あだな》は、腰に差した愛刀の「そぼろ助広《すけひろ》」に由来する。

同じ捕り方だった呑んだくれの父が唯一遺《のこ》してくれた形見の刀だ。真贋《しんがん》の別はわからない。調べる気もないが、本阿弥家《ほんあみけ》の折紙だけは付いていた。助広は今から二百年ほど前の刀工で、粗悪な量産品を打つ播磨国《はりまのくに》津田の数打師《かずうちし》だった。清貧暮らしに甘んじながらも何振りかの名刀を打ち、丁子乱《ちょうじみだれ》に乱《みだれ》が交じる乱重《みだれがさ》ねの刃文を生みだした。

貧乏でみすぼらしい生涯と、苦心のすえに生みだした乱重ねの刃文に掛けて、後年、助広の名刀は「そぼろ」と呼ばれるようになった。そうした由来と呼び名が、どことなく翳《かげ》のある主水之介の風貌やとっつきにくい性分に似つかわしいと、まわりの同心たちがおもったのかもしれない。

主水之介のことをはじめて「そぼろ」と呼んだのは、相棒の坂木にほかならなかった。

「なあ、そぼろ、懐中《ふところ》が寒くてしょうがねえや。一句ひねったぜ、聞くか」

「はあ」

「風花《かざばな》の舞いおちるさきに土左衛門《どざえもん》。どうでえ、なかなかのもんだろうが」

「風花に土左衛門ですか」

主水之介のそっけない反応に、うだつのあがらぬ四十男は渋い顔をつくる。

坂木は十も年上の橋廻りだった。つきあいは二年におよび、気心は知れている。知りあったときは、すでに妻を労咳《ろうがい》で亡くしていた。子はない。兄弟姉妹もなく、八丁堀の組屋敷で老いた母親がひとり留守居をしている。

主水之介のほうは、十五で双親を亡くした。世間にしがらみがあるとすれば、商家に嫁いで疎遠になった妹だけだ。出世も望まぬ貧乏役人のもとには嫁の来手もなかった。

　ふたりとも独り身ゆえに、馬が合うのかもしれない。

「そぼろよ、あの土左衛門は夜鷹《よたか》じゃねえな。上野《こうずけ》か常陸《ひたち》か、ひょっとすると陸奥《むつ》のほうから流れついた女さ。あれだけ痩《や》せこけていりゃあ、まず、まちがいねえぜ」

　肋《あばら》骨の浮きでた薄い胸、絡みついた長い黒髪、年恰好《としかっこう》は二十歳《はたち》前後。女の土左衛門が神田川に浮かんだのは昨日のことだ。風花は舞っていなかったが、鉛色の空のもと、川は悽愴《せいそう》とした面持ちをみせていた。

「京の都じゃ、浮かれた阿呆《あほう》どもが豊年踊りを踊っているらしい。ところがどうでえ、江戸府内から北はどこもかしこも生き地獄よ。ひと粒の米も口にできねえ餓鬼どもが、うようよしていやがる。あの女もおおかた、死に絶え寸前の村で木の皮を齧《かじ》っていたにちげえねえ」

　坂木は溜息《ためいき》を吐《つ》き、さらにつづける。

「ようやっと江戸へ流れついたところで、いいことなんぞはひとつもねえ。身投げする力が残っていただけでも、まだましってもんだ。ふん、どうせ、名乗りでる身寄りもいねえさ。無縁仏がひとつ増えただけのはなし、腰を入れて調べることなんざひとつもねえ。な、そうだろう、そぼろ」

「はあ」

「ちぇっ、喋《しゃべ》り甲斐《がい》のねえ野郎だなあ、おめえは」

坂木はかっと痰《たん》を吐き、肩で風を切るように歩みはじめた。

主水之介は寒さに耐えきれず、懐中から霰小紋《あられこもん》の手拭いをとりだし、軽く捻《ね》じって首に巻きつける。

安っぽい白粉《おしろい》の香りが、手拭いからほんのりと匂いたった。

昨夜、筋違橋《すじかいばし》ちかくの隠売女《かくしばいじょ》で馴染《なじ》んだ安女郎の残り香だろう。

おみつといったか。

名さえうろおぼえだ。

土左衛門の腐臭を忘れたいがために、浴びるほど酒を呑んだ。

泥酔半眼の態《てい》で『布袋屋《ほていや》』という船宿の二階へあがり、白首《しろくび》のみつに誘われて床《とこ》に乱れた。

火照《ほて》ったからだを冷まそうと障子を開けると、ちょうど、窓下にみえる川縁は入《じゅ》水《すい》した女が引きあげられたところで、月光に照らされた砂地の一部が瘦せた人形を焼きつけたように濡《ぬ》れていた。

酒のせいばかりでもなかった。

からだが変調をきたしはじめたのは、水煙草《みずたばこ》を喫《す》わされたあとのことだ。

「腎張《じんば》りの妙薬らしいよ」

おみつに甘ったるい声で囁《ささや》かれ、色の濃い紫煙を喫った。

その途端、ふっと意識が飛んだ。

脳味噌《のうみそ》がとろけだし、雲上にいるかのごときよい心地になった。

「ふふ、この煙は唐土《もろこし》わたりの御品でね、極楽浄土《ごくらくじょうど》っていうのさ」

そんな台詞《せりふ》を、聞いたような気もする。

やがて、目にしたこともない幻覚があらわれ、五色の洪水となって溢《あふ》れだした。

頭のなかで滅多打《めったう》ちの半鐘《はんしょう》が鳴りつづけ、いっそのこと死にたいとおもった。

土左衛門のあおぐろい顔をおもいだし、胃袋の中味をぶちまけたのだ。

「旦那さあ、畳を汚しちゃ困りますよう」

おみつに文句をいわれ、泥のように眠りつづけた。

無間《むげん》地獄《じごく》の鬼に食われる悪夢にさいなまれ、鉛を呑みこんだような心持ちで目覚めると、後朝《きぬぎぬ》の別れもなしに道端へ放りだされた。

外は白々と明けていた。

嘴太鴉《はしぶとがらす》の啼《な》き声を聞きながら、黒板塀にもたれて吐き、苦い胃汁を搾りつくした。

どうにか正気をとりもどし、懐中《ふところ》をまさぐると、霰小紋の手拭いが捻《ね》じこんであったのだ。

遊興代を払ったかどうかも、おぼつかない。

どうせ、払ってはおるまい。十手を翳《かざ》して抱え主を威《おど》しあげ、安女郎をあてがわせたのだろう。

坂木が首をかたむけ、心配そうに覗《のぞ》きこんでくる。

「おめえ、顔色がわりいな、でえじょうぶか。それにしても首に手拭いかよ。図体《ずうたい》に似合わず寒がりなやつだぜ」

頭ひとつ小さい坂木は、空っ脛でも平気らしい。太鼓腹に脂肪《あぶら》がぎっしり詰まっているのだ。

「平河町によ、小汚ねえ獣肉屋《ももんじ》をみつけたんだ。広小路の見廻りを済ませたら、猪肉《ぼたん》でも食いにいかねえか、な」

「はあ」

「あんだよ、気がすすまねえのか。猪肉じゃあれか、共食いになるから嫌なのかよ、ぶへへへ」

坂木は鼻を鳴らして笑い、道端にうずくまる物乞いの子どもを避けた。

八辻原《やつじがはら》から両国広小路《ひろこうじ》へ向かう川端の道には、老婆のざんばら髪のような枝垂《しだ》れ柳が点々とつづいている。左手にみえる神田川は凍てつき、昌平橋、筋違橋、和泉《いずみ》橋、新《あたら》シ橋、浅草橋と、橋を過ぎるごとに流れを疾《はや》めていく。そして、神田川は柳橋のさきで大川へ注ぎこむ。

柳橋の手前にある広大な空き地が、当代随一の賑《にぎ》わいを誇る両国広小路だった。人相見、落語、紙芝居、食べ物売りなど、ありとあらゆる仮小屋が軒をつらねている。軽業、綱渡り、火潜《ひぐ》り、人形使いといった曲芸師たちを目当てに、今日も大勢の見物人が繰りだしていた。珍獣や奇獣の見世物小屋なども招牌《まねき》を掲げ、鉦《かね》や太鼓の音色がそこいらじゅうから響いてくる。

七年におよんだ飢饉《ききん》も、ようやく終息の気配をみせつつあった。だが、寺の境内などに建てられたお救い小屋は、今も餓えた連中で溢れかえっている。その点、両国広小路は別天地だ。盛り場の喧噪《けんそう》に揉《も》まれていると、飢餓地獄は彼岸の出来事にしか感じられない。

もちろん、華やかなだけではなかった。広小路には裏の顔がある。香具師《やし》の口上も喧《かまびす》しいなか、掏摸《すり》や置きびき、喧嘩《けんか》や刃傷沙汰《にんじょうざた》のたぐいは後を絶たない。

寒の入りとともに、稲刈りを済ませた農家の働き手も越前や越後から出稼ぎにやってくる。出稼人は「椋鳥《むくどり》」と呼ばれ、口入屋《くちいれや》の斡旋《あっせん》で職にありついた。冬のあいだ、飯炊きや番太といった下っ働きを担うのだ。なかには、渡り中間《ちゅうげん》となって博打にうつつを抜かし、身をもちくずす輩《やから》もいる。そうした半端者が市中に溢れだすと、うらぶれた浪人や喧嘩っ早い鳶《とび》の連中と出会い頭でぶつかり、広小路は揉め事の温床になりかわる。

「厄介な季節だぜ」

坂木は、面倒臭そうに吐きすてた。

霜月は芝居町の顔見世狂言にはじまり、大黒天を奉じるねずみ祭りやら酉《とり》の市《いち》やら、何かと忙《せわ》しない。浮かれた連中が町に繰りだし、わるさをはたらくのだ。

「師走《しわす》になりゃ、こんどは歳《とし》の市だ。北の吾妻《あずま》橋から南の永代《えいたい》橋まで、橋という橋は人で埋まっちまう。しがねえ橋廻りにゃ休む暇もねえ。そぼろよ、北町の橋廻りは、わしとおぬしのふたりきりだろう」

「はあ」

「はあじゃねえや。なるほど、橋廻りは地味な外役さ。端っこの橋役人なんぞと小《こ》莫迦《ばか》にされてらあ。けどよ、いくらなんでも、ふたりってのはねえぜ。でえいち、府内に橋がいくつあるとおもってんでえ」

「仰せのとおりです」

定橋見廻りという役目は、そもそも、お上の普請した橋を維持する目途で設けられた。ところが、大きな橋の橋詰めに広小路ができてからは、定町廻りや臨時廻りの同心たちと同様、途切れることもない厄介事の取締にも精を出さねばならなくなった。

「ま、上に文句を言ってもしょうがねえや。そこいらで升酒でも嘗《な》めてくか」

「よろしいですな。大番屋の連中にも一升徳利を提げてってやりましょう」

「おう」

同心ふたりは仲良く肩を並べ、川のような人の流れを横切った。

二

香具師の連中が、ぺこぺこ頭をさげている。

紙に包んだ小銭を袖に捻じこんでくる者もあった。

坂木はあたりまえのように受けとり、主水之介もみてみぬふりをする。

手下につかう岡っ引きを養うには、銭がいくらあっても足りない。今どき袖の下を拒む堅物なんぞ、町奉行所のどこを探してもみあたらなかった。

両国広小路の南、米沢町一丁目の表店《おもてだな》には酒問屋の出店がある。『伊丹屋《いたみや》』という屋号のとおり、伊丹産の上等な諸白《もろはく》を商っている。主人の善兵衛《ぜんべえ》は問屋仲間の肝《きも》煎《い》りで、丁稚《でっち》小僧の叩《たた》きあげから婿養子にはいった男だ。

ふたりは『伊丹屋』へ足を向けた。

伊丹の酒は下り物の筆頭である。「富士見酒」とも称され、遠州灘《えんしゅうなだ》の荒波に揉まれることで味わいを深める。

本来なら、同心風情の口にできる代物ではない。

ただし、店先に立ちよれば、追従笑《ついしょう》いを浮かべた番頭が升酒の一杯くらいは馳走《ちそう》してくれる。狙いはそれだ。

「ごめんよ」

暖簾《のれん》をくぐると、馴染みの番頭が揉み手でやってきた。

「これはこれは、八丁堀の旦那方、お役目ご苦労さまにござります。ささ、こちらへ」

番頭は上がり端にふたりを招きいれ、丁稚に顎をしゃくる。

「お手塩《てしょ》に香《こう》のものを盛っておあげ」

「はあい」

丁稚は手馴れた仕種《しぐさ》で升になみなみと富士見酒を注ぎ、升をふたつ揃《そろ》えると、香のものといっしょに盆で運んでくる。

坂木は唾をじゅるっと啜《すす》り、唇《くち》もとを袖口で拭いた。

「これも役得ってもんだぜ、なあ、そぼろ」

「まことに」

ふたりは檜《ひのき》の升に口をつけ、うまそうに咽喉《のど》を鳴らす。

強要したわけでもないのに、番頭は一升徳利を手土産に持たせるよう、丁稚に目顔で合図を送った。

そこへ、はっとするような美人年増があらわれた。

「あやめ姐《ねえ》さん、えろう、すんまへんなあ」

番頭は鬢《びん》を掻《か》き、上方訛《なま》りで喋りだす。

「手代が御用聞きをほかしくさったもんやから」

「いいんですよ、急のお使いだったんだし」

「おそれいりますなあ。いつもどおり、諸白一升でよろしゅうおますか」

「いいえ、二升にしといてくださいな」

「おおきに。ほな、お届けにあがらせますよってに」

番頭は米搗《こめつ》き飛蝗《ばった》のように、ぺこぺこ辞儀をしてみせる。馴染みの上客なのだろう。

あやめと呼ばれた女は裾に雪の結晶を散らした黒小袖を纏《まと》い、小袖の上に滝縞《たきじま》の半纏《はんてん》を婀娜《あだ》っぽく肩はずしに着こなしていた。

紫の袖頭巾をかぶっているので、髪型まではわからない。

おそらく、橘町《たちばなちよう》あたりの芸者だろう。

齢《よわい》は二十代なかば、年増の色気が熟《う》れだすころだ。

「錦絵から抜けだしてきたようだぜ、なあ」

坂木は好色そうに口端を吊《つ》り、低声《こごえ》でつぶやいた。

主水之介は眦《まなじり》を下げ、女の嫋《しな》やかな立ち姿に見惚《みほ》れている。

あやめが、ふわりとこちらを向いた。

主水之介は、ごくっと生唾を呑みこむ。

淡雪のように白く、儚《はかな》さを感じさせる女だ。

小首をかしげ、俯《うつむ》き加減に微笑《ほほえ》んでみせる。

一瞬にして、魂を抜かれた。

「へへ、おめえのことをみてるぜ。手でも振ってやれよ」

坂木に肘で突っつかれても、主水之介は阿呆のように口を開いたままだ。

あやめは斜《はす》に構えてお辞儀をすると、小走りに去っていく。

主水之介は升酒の残りを呷《あお》り、押っとり刀で追いかけた。

「待て、こら」

坂木の制止も聞かず、店の外へ飛びだす。

「そぼろ、どうしちまったんだ、おい」

自分でもよくわからない。

町娘に岡惚れするほど、うぶな男ではなかった。

あやめという女の魔性に魅せられたのだろうか。

どうであれ、ここで逃してならぬとおもった。

真っ白な頭で、暮れなずむ往来を眺めわたす。

もはや、あやめのすがたはない。

「くそっ」

主水之介は肩を落とした。

大魚を釣りおとした気分だ。

と、そのとき。

辻裏のほうから、男たちの怒声が聞こえてきた。

「喧嘩か」

裾を捲《まく》って駆けだし、背中の十手を引きぬいた。

人気《ひとけ》のない四つ辻を曲がると、半町ほどさきに提灯《ちょうちん》が揺れている。

「ちぇ……っ」

猿叫《えんきょう》か。

薩摩《さつま》示現《じげん》流の手合いかもしれぬ。

浪人風体の侍が気合いを発し、提灯に斬りかかった。

大上段から刀を振りおろすや、提灯がふたつに裂け、背後に佇《たたず》む大きな人影がのっそり動いた。

と同時に、ぐしゃっと骨の潰れる音が聞こえた。

くずおれたのは、斬りかかった浪人のほうだ。

どうやら、鼻面へ正拳を叩きこまれたらしい。

「……や、やりおったな」

もうひとりの浪人が吐きすて、こちらも独特の疳高《かんだか》い気合いを発した。

「ちぇ……っ」

やはり、薩摩示現流の猿叫にまちがいない。

右八相《みぎはっそう》に掲げた蜻蛉《とんぼ》の構えから、破れ提灯に斬りかかっていく。

つぎの瞬間、浪人者は木偶《でく》人形のように真横へ吹っとばされた。

足の甲で側頭を蹴られたのだ。

天水桶《てんすいおけ》が崩落し、路面は水浸しになった。

「この野郎」

主水之介は低い姿勢で駆けより、前歯を剝《む》いてみせる。

間合いを一気に詰めると、大男の顔が鼻先に迫った。

「うっ」

見上げるほど大きい。

身の丈は八尺余り、重さは三十貫を超えていよう。

ぬらぬらとてかった禿頭は福禄寿《ふくろくじゅ》のようで、両耳は尖《とが》っている。

目鼻は大きな顔のまんなかに集まっており、まるで『画図百鬼夜行』に描かれた見越入道《みこしにゅうどう》のごとき化け物であった。

薄暗いので表情は読めない。

見越入道は破れ提灯を翳し、身じろぎもせずに踏んばっている。

そして、磐《いわ》のような背中の陰からは、女の白い顔が覗いていた。

「……あ、あやめ」

主水之介はつぶやき、勢いにまかせて大男に襲いかかった。

「ふりゃあ」

鼻先に翳された破れ提灯を、十手の先端で叩きおとす。

後ろのあやめには目もくれず、巨漢の右腕を背中にまわして捻《ひね》りあげた。

もう一方の手で首根っこを鷲《わし》掴《づか》みにし、板塀のところへ追いたてていく。

「痛えなあ、放してくれよ」

見越入道が喋った。

「うるせえ」

腕を力まかせに捻ると、ぎっと板塀が撓《たわ》んだ。

見越入道は塀に頰《ほお》を擦《こす》りつけながらも、ゆったりした調子で喋る。

「旦那よう、勘違いしてもらっちゃ困るぜ。非は浪人どもにあるんだ。姐さんの尻を追いまわした罰さ。こっちは、これっぽっちもわるかねえんだ。な、わかったら、その手を放してくれ」

「がたがた抜かすんじゃねえ」

主水之介の額に玉の汗が吹きだす。

見越入道が匕首《どす》の利いた声で言った。

「ほう、そうかい。だったら、こっちも本気出そうか。木っ端役人のひとりやふたり、目じゃねえんだぜ」

凄《すさ》まじい力で抗《あらが》い、入道は太い首を捻りかえす。

主水之介は動揺を悟られまいと、声を振りしぼった。

「でかぶつめ、脳天を叩きわってやろうか」

十手を握りしめるや、後ろから唐突に声を掛けられた。

「やめとけ、そぼろ」

音もなく近づいてきたのは、一升徳利をぶらさげた坂木である。

「そいつの名は頑鉄《がんてつ》、おめえの馬鹿力でもかなう相手じゃねえ」

「でも、坂木さん」

「いいから、放してやれ」

仕方なく腕を放すと、頑鉄は地べたに痰を吐いた。

踵《きびす》を返す大きな背中に、あやめがしおらしく従《つ》いていく。

「野郎はな、豊乃海《とよのうみ》の四股名《しこな》で鳴らした大名お抱えの力士さ。もっとも、今じゃ口入屋の用心棒になりさがっちまったがな。ほら、みてみな」

坂木が顎をしゃくるさきに、三挺《さんちょう》の駕籠《かご》が待っていた。

琉球表の垂れを捲った駕籠のひとつに、主水之介も見知った顔が乗っている。

「曼陀羅屋《まんだらや》の長兵衛《ちょうべえ》か」

ひょろ長いからだを派手な更紗《さらさ》の着物に包み、油断のならぬ蜥蜴目《とかげめ》を光らせている。

飯倉片町で口入屋を営む四十男であった。椋鳥たちにも職を斡旋している。

「坂木さん、芳しい噂《うわさ》を聞かない野郎ですよ」

「ああ、尻尾《しっぽ》は出さねえがな、裏じゃ没義道《もぎどう》なことをやっていやがるにちげえねえ」

「放っておくんですか」

「仕方ねえさ。橋廻りの役目じゃねえ」

頑鉄は長兵衛に何事かを告げると、駕籠の脇に控えた。

あやめは縦にならんだ二番目の駕籠に乗り、こちらを眩《まぶ》しそうにみつめている。

三番目の駕籠にはもうひとり、顔の下半分を白い布で隠した女が乗っていた。

若い娘のようだ。切れ長の眸子は怒りとも恐れともつかぬ熱を帯びている。

「あの女、右の目もとに痣《あざ》がありますな」

遠目にもそれとわかるほど、くっきりとした椎《しい》の実大《みだい》の痣だ。

坂木の横顔をみると、意味ありげな眼差《まなざ》しで痣の女を睨《にら》みつけている。

知っているのか。

ふと、そうおもったが、坂木の険しい顔は問いかけを拒んでいた。

三挺の駕籠は垂れを落とし、軽快に走りだす。

往来には、浪人どもが襤褸《ぼろ》屑《くず》のように転がっていた。

「どうします、あのふたり」

主水之介が問うと、坂木はつまらなそうに鼻を鳴らす。

「死んじゃいねえんだろう。放っときゃいいさ。そぼろよ、そんなことより、あきらめるんだな」

「あきらめるって、何をです」

「女だよ。あやめってのは曼陀羅屋の囲いものにちげえねえ。どうせ、性悪《しょうわる》なばくれん女さ」

　坂木に背中を押され、重い足を引きずった。

「そぼろ、おめえは後先考えずに突っこむ野郎だ。そんなおめえがおれは好きだがな、ちったあ手加減しねえと、そのうちに大怪我《おおけが》をするぜ。おれはよ、でえじな相棒を失いたかねえんだ。な、わかってくれるか」

「はあ」

　主水之介は、仏頂面でうなずいた。

　闇の彼方に目をこらせば、妖《あや》しげに微笑む女の顔が浮かんでみえる。

「……あ、あやめ」

　月星もない夜空を仰ぐと、白いものがはらはらと落ちてきた。

「そぼろよ、初雪だぜ」

　忘れていた寒さをおもいだし、主水之介はぶるっと肩を震わせた。

三

三日後。

南茅場町《みなみかやばちょう》の大番屋で揉め事が発覚した。

窃盗で捕まった清吉《せいきち》なる小悪党が、大番屋のなかで半殺しの目にあわされたのだ。

捕吏たちが酒を呑みながら、よってたかって撲《なぐ》る蹴るの責め苦を与えたという。

「おもしろ半分にもみえ申した。捕り方どもは科人《とがにん》を釣責《つりぜ》めにしたのでござる。あれは拷問にほかなりませぬ」

訴えたのは、北町奉行所吟味方の若い与力、岡崎新左衛門《おかざきしんざえもん》であった。

抜きうちで見廻りにおとずれ、息も絶え絶えな清吉の惨状を目にしたのだ。

捕り方の輪の中心には橋廻り同心の坂木玄之丞がおり、止めもせずに眺めていた主水之介も罪に問われることとなった。

岡崎は新参与力で、肩に力がはいっていた。告げ口で仲間を売ればあとでどれだけ恨みを買うのかも想像できず、揉め事の詮議をおこなう年番方にたいして杓子《しゃくし》定規な訴えをおこなったのである。

「おもしろ半分などと……心外にござる」

坂木は年番方筆頭与力の加納兵衛《かのうひょうえ》に呼びつけられ、身の潔白を必死に訴えた。

「おそれながら、それがしは役目を全うしたにすぎませぬ。咎人清吉は隠れた罪を白状いたしました。あの者は商家の娘を拐《かどわ》かし、没義道なおこないをはたらいたばかりか、娘の命と引きかえに身代金までせしめていたのでございます」

勾引《かどわかし》は重罪である。しかも、ひとりでやったにしては手がこんでいた。

「かならずや、悪党仲間がおるにちがいないと踏み、責めも厳しいものとあいなり申した」

坂木は拳を固めて「心外にござる」と、悲愴《ひそう》な申しひらきを繰りかえしたらしい。同心仲間に「坂木どのは腹を切らされるやもしれぬ」と聞かされ、主水之介は仰天した。

なるほど、このたびの所業は行きすぎた面もあったし、寒さを紛らすために酒も多少は呑んでいた。功を焦り、釣責めらしきこともやるにはやった。だが、捕吏たちに言わせれば、役目の一環でやったにすぎない。

それを、よってたかって撲る蹴るの責め苦を与え、しかも、おもしろ半分に拷問したなどと告げ口されては、たまったものではなかった。

「理不尽ではないか」

怒りの矛先は当然のごとく、新参者の与力に向けられた。関わった岡っ引きや同心のみならず、上役の与力たちまでもが岡崎に白い目を向けたのだ。

が、今さら恨んでも遅い。事態は進んでいる。

坂木につづき、主水之介も八丁堀の加納邸に呼びつけられた。楓川《もみじがわ》が京橋川に流れこむ弾正橋の近くだ。

私邸に呼びつけられるということは、北町奉行の大草安房守高好《おおくさあわのかみたかよし》には報されておらぬのだろう。

事が表沙汰になれば、上役も責めを負わねばならぬ。

そうならぬように、加納は事を内々に収める腹なのだ。

手入れの行きとどいた庭には、冬の日差しが射しこんでいた。

沓脱石《くつぬぎいし》のまわりには砂利が敷かれ、どことなく白洲をおもわせる。

主水之介は「白洲」ではなく、廊下に座らされた。

八畳の座敷内には床の間を背にして裃姿《かみしもすがた》の加納が座り、書役同心がひとりだけ脇に控えている。

加納は五十代なかば、でっぷりとしたからだつきの古参与力だ。

北町奉行所の内証《ないしょ》を取りしきっている。剣は一刀流の達人らしいが、周囲に技倆《ぎりょう》を知る者はいなかった。

鼻は太く、丹唇《くちびる》は厚い。肉厚の顔のなかで双眸を炯々《けいけい》とさせる様子は、みる者を威圧した。怖い顔とはうらはらに、温厚な面も合わせもつ。外廻りに理解があるので、廻り方同心のあいだでは受けが良い。無類の将棋好きとしても知られ、みなに「穴熊《あなぐま》」の異名で呼ばれていた。

穴熊といえば、私邸も八丁堀の隅っこに位置し、立派な門構えの邸宅である。

かつて、そそっかしい泥棒に忍びこまれたことがあった。こそ泥は捕らえたが、侵入の際に乗りこえた塀には鑿《のみ》で削った足掛かりが残っている。その足掛かりを使えば容易に敷地内へ忍びこめるにもかかわらず、加納は「やれるものならやってみろ」と豪胆に嗤《わら》いあげ、修繕させようともしなかった。

守りが堅固で容易に籠絡できぬ。

穴熊の加納といえば、町奉行所や火盗改《かとうあらため》でも知らぬ者はいない。

主水之介はその加納から、誰よりも目をかけてもらっていた。

というのも、嗣子の加納兵太郎《へいたろう》が千葉道場の後輩だからだ。

兵太郎は今は小普請の身だが、来年からは与力見習として奉行所に出仕する。順当な流れに乗って出世するはずなので、いずれは命じる者と命じられる者に分かれるであろう。

ただし、剣の道場では身分の差は問われない。実力のある者が慕われ、敬意を払われる。兵太郎は、主水之介を実兄のように敬っていた。

それもあって、屹度叱《きっとしか》り程度で済むだろうと、主水之介は高をくっていた。

だが、予想に反して、加納の口調は厳しかった。

「猪山。なにがあったのか、有体《ありてい》に申してみよ」

「はは、おそれながら」

主水之介は、坂木の述べた内容をなぞった。

口裏を合わせたわけではない。ありのままを述べたまでのことだ。

「されば、肝心なことを訊《き》こう」

「は」

「おぬしらは、釣責めをやったのか」

主水之介は俯いたまま、容易に応じられなかった。

「黙っておってはわからぬ」

「は、釣責めと申しましても、拷問ではございませぬ」

「坂木のごとき見苦しい言い訳は聞きとうない。釣責めをやったのかどうか、その点を明快にこたえよ」

「やりました」

「さようか、困ったのう。罪人への故《ゆえ》無き責め苦は、町奉行所にあってはならぬこと。無論、右の戒めはわかっておろうな」

「は」

凄惨な拷問が日常茶飯事の火盗改などと異なり、町奉行所の捕吏には厳しい定式《さだめしき》が課されている。

第一に、拷問は牢屋敷に併設された詮索場《せんさくば》でおこなわねばならない。詮索場は拷問蔵とも呼ばれ、饐《す》えた臭いのたちこめる土間には石抱きに用いる十露盤板《そろばんいた》だの、釣責めに使用する滑車に縄だの、おぞましい道具類が転がっている。

第二に、重罪人とおぼしき者以外を拷問してはならない。軽い罪に問われた者におこなうのは、牢問《ろうどい》である。牢問とは笞打《むちう》ち、石抱き、海老《えび》責《ぜ》めのことで、これを牢問三種と呼び、釣責めはふくまれない。過酷な水責めとともにおこなう釣責めは、口書《くちがき》を拒むしぶとい重罪人にたいしてだけに許されていた。

第三に、拷問は老中の許可を得ずしておこなってはならない。

右のとおり、きっちり定められてはいるものの、こうした戒めが厳守された例《ためし》はなく、大番屋でも拷問じみた責め苦はあたりまえのようにおこなわれていた。

相手が極悪非道の輩だからといって、何をやってもよいというわけではない。繰りかえすようだが、このたびの一件には行きすぎた面もあった。それは認めてもよいが、岡崎新左衛門の訴えを鵜《う》呑《の》みにはできない。

だいいち、清吉は溜《た》め送りにもならずにちゃんと生きており、新たな罪まで白状したのである。

褒められこそすれ、非難される所業ではなかった。

通常であれば、上役の与力たちも知らぬ振りをしてくれたはずだ。ところが、新米与力が安っぽい正義を振りかざしたばかりに、事態は最悪のほうへ向かいつつある。

「青二才め」

主水之介は悪態を吐いた。

岡崎新左衛門とは奉行所内で何度か擦れちがっただけで、口を利いたこともない。噂では、五百石取りの中堅旗本の御曹司らしい。うらなりの生白い容貌は弱々しい印象だが、直情径行な面もあるという。いずれにしても、親の七光りで吟味方与力に就いた男だ。反りの合うはずがない。

「さて、猪山よ」

加納は突きでた腹を揺すり、厳格な口調でつづける。

「こたびの一件は捨ておけぬ。わしが黙っておっても、いずれは御奉行のお耳に届くであろう。そうなれば、みなを煽《あお》ったと目される坂木玄之丞はよくて御役御免、事と次第によっては腹を切らねばならぬ」

「まさか、そのような」

「厳しいようじゃが、奉行所みずから範をしめさねば、江戸の治安など守りきれるものではない」

「加納さま、坂木さんは二十年以上も、府内の塵掃除《ごみそうじ》をおこなってまいりました。長年の忠勤にたいする報いがこれでは、あんまりではございませぬか」

「黙らっしゃい」

「いいえ、黙りませぬ。そもそも、新参の与力どのは何を目にされたと仰せなのか。岡崎さまが大番屋へ来られたとき、清吉の取調べはすでに済んでおりました。岡崎さまは手前勘《てまえかん》で讒言《ざんげん》をおこなったにすぎませぬ。にもかかわらず、坂木どのに腹を切れとは、とうてい納得できませせぬ」

　一歩も退《ひ》かぬ構えの主水之介にたいして、加納は老練な笑みをかたむけた。

「そちの申すことも、わからぬではない。ただでさえ捕り方は数不足で困っておるというに、わしとて坂木を失いたくはない。腹は切らずに済むよう、内々に動いてはみる。なれど、十手は取りあげねばなるまいぞ」

　十手返上となれば、坂木は路頭に迷う。

　老いた母親を抱え、どうやって生きていけというのだ。

「理不尽にござります」

「まだ申すか。少しは、おのれのことを案じろ。そちとて、今のお役に留まっておられるかどうかわからぬ。わしの気持ちも察してみぃ」

加納は深々と溜息を吐き、優しい眼差しを向けきた。

やはり、兵太郎との親密な関わりを考慮してくれているのだ。

「当面のあいだ、そちの十手はわしが預かる。追って沙汰を申しわたすゆえ、しばらくは謹慎せい」

「はは」

主水之介は頭を垂れ、黙りこむしかなかった。

四

加納からは沙汰もなく、師走となった。

主水之介は奉行所はおろか、京橋桶町にある千葉道場への稽古通いも自重しなければならなかった。

大番屋で清吉を責めた夜以来、坂木とは一度も会っていない。どこかへ雲隠れしてしまい、捜しようもなかった。

いや、足を棒にして捜してはみたのだが、手懸かりをみつけることはできなかった。

坂木の言った「おれはよ、でえじな相棒を失いたかねえんだ」という台詞が、耳に焼きついて離れない。

「消えちまったのは、あんたのほうじゃないか」

一刻も早くみつけだし、文句を言ってやりたかった。

同僚たちには避けられているようで、八丁堀の殺風景な組屋敷に籠《こ》もっても気が滅入るだけだ。

「はめをはずすか」

ふと、数日前におもいたち、主水之介は深川へ繰りだした。

茶屋の二階で辰巳《たつみ》芸者に酌をさせ、雪見酒としゃれこもう。

なかば自暴自棄の態で足を運んだところ、すっかりのめりこんでしまった。

入りびたりになったさきは、深川七場所のひとつとして知られる櫓下《やぐらした》の茶屋だ。

永代橋を渡り、富賀岡八幡宮《とみがおかはちまんぐう》の一の鳥居をめざせばたどりつく。玉代四百文の安価な鉄砲女郎から高嶺《たかね》の花の芸娼妓まで、とりどりに遊女の揃った猥雑《わいざつ》な岡場所にほかならない。

遊び方は、ぴんからきりまであった。ぴんの金持ちは茶屋を貸しきって豪勢に散財する。置屋《おきや》から馴染みの芸者や幇間《たいこもち》を呼びよせ、どんちゃん騒ぎに興じて憂さを晴らすのだが、大尽遊びといっても吉原のように気取ったところがない。客あしらいの上手な妓《こ》が多いので、客足はひきもきらずにあった。

生真面目で融通の利かぬ水野越前守忠邦《みずのえちぜんのかみただくに》が幕閣で重きをなすようになってから、世の中は遊び心のないぎすぎすとしたものに変わりつつある。飢饉の影響もあって、贅沢《ぜいたく》を禁じる風潮が奨励されるのは悪いことではないものの、女郎屋や鉄火場はまだしも、寄席《よせ》や歌舞伎までもが風紀紊乱《びんらん》の温床と断じられるのはどうかとおもう。

坂木は酒がはいると、愚痴《ぐち》ばかり垂れていた。

市井でも西ノ丸に隠居した家斉公の治世を懐かしむ者はある。

家斉公は五十年も将軍の座に君臨しつづけ、大奥で見目麗しい中臈《ちゅうろう》とみれば片っ端から手をつけた。五十人余りの子をもうけ、庶民からも「胤馬将軍《たねうま》」と揶揄《やゆ》された。金を湯水のごとく浪費する側近頼みの仕置きは御政道に腐敗をもたらし、一方では府内に浮世絵や黄表紙《きびょうし》などの華々しい文化を開花させた。

だが、文化文政のころの太平楽な暮らしぶりも、今や遠いむかしの出来事となった。不作と大飢饉によって、幕府は強烈なしっぺ返しを食った。手詰まりに近い苦境下、めきめきと頭角をあらわしたのが水野忠邦にほかならない。

野心旺盛な忠邦にとって、大御所家斉は今も目のうえのたんこぶだ。二年前の春に隠居し、嗣子家慶《いえよし》に将軍職を譲ったはずなのに、七十歳になんなんとする老人はいまだ権力に固執している。四十も半ばになってようやく将軍となった家慶は、酒を呑んで憂さを晴らすしかない。

若年寄の林肥後守忠英《はやしひごのかみただひで》など、幕閣内でも西ノ丸に尻尾を振る重臣たちもいる。何よりも鬱陶《うっとう》しいのは、家斉の寵愛《ちょうあい》をよいことに御政道へも容喙《ようかい》するお美代の方とその血縁である養父の中野清茂《なかのきよしげ》や実父の日啓《にっけい》たちだった。

忠邦は公然と「こうした不逞《ふてい》の奸臣《かんしん》どもを一掃しないかぎり、御政道は立ちゆかぬ」と千代田の城内で豪語しているらしい。

下級役人の主水之介でも、家斉派と忠邦派の確執は知っている。幕閣のお偉方を肴《さかな》にして酒を呑むことも、坂木とのあいだではめずらしくはなかった。

ともあれ、市井の連中は「質素倹約を心掛けよ」と、公儀からなかば脅されている。だが、櫓下の茶屋に身を潜めていると、ここだけは埒外《らちがい》なのではないかと勘違いしてしまう。

今宵《こよい》も、どこかの成金が『若松《わかまつ》』の二階大広間を貸しきって騒いでいた。

主水之介は金も払わず、一階の離室《はなれ》に座布団をかさねて横になっている。

おしまという年増の膝枕で、二階の浮かれ騒ぎを聞くともなしに聞いていた。

「旦那、うるさくはないかい」

「毎度のことさ」

おしまは気遣いのできる賢い女だ。三味線ひと筋の白芸者《しらげいしゃ》として『若松』の座敷にもよく呼ばれ、主人に重宝がられていた。

ひと目で気に入ったので、主人に取りもってもらったのだ。

差しつ差されつするうちに、ふたりはすぐさま懇ろになった。

歌舞伎役者や相撲《すもう》取りと同様、八丁堀の同心は人気がある。ちょいと声を掛けられ、嬉《うれ》しがらない女はいない。おしまは、商売っ気抜きで付きあってくれた。

「ありがたい」

腹が減れば、美味《うま》い飯をたらふく食える。日がな一日酒を呑みつづけても、叱る者はいない。酒と料理は只《ただ》だし、泊まり賃は払わずともよいのだ。

すべては十手の威光だった。

が、茶屋のほうにも散財に見合うだけの使い途《みち》はある。図体の大きい小銀杏髷《まげ》の同心は、飼っているだけで用心棒代わりになった。

「これほど楽な商売もあるまい」

しかし、このままでは人間がだめになる。

主水之介は、酒毒におかされたおのれを嫌悪していた。

おしまが耳許《みみもと》で囁いている。

「旦那、主水之介さま」

「おう、どうした」

「んもう、さっきからお呼びしているのに。何かお悩みでも」

「別に」

「なら、よろしいんですけど」

おしまは、格別に美人というわけではない。

ふっくらした愛嬌《あいきょう》のある丸顔で、黒目がちの瞳は大きいものの、目尻はやや下がり、鼻はつんと上を向いている。

肌を合わせてみて、得難いおなごだとわかった。

小柄で肌のきめはこまかく、着物を脱がしてみると、豊満なからだつきをしている。

しかも、誰とでも寝る女ではない。初々《ういうい》しいところがたまらなかった。

「旦那に一途《いちず》ですよ」

などと、嬉しいことも言ってくれる。

本心のようなので、なおさら嬉しい。

性分は勝気だが、情にもろい面もある。

そんなおしまと過ごしていると、浮世の憂さを忘れられた。

「旦那」

「ん」

「五つ刻《どき》からお座敷なの。裾継《すそつぎ》の俵屋《たわらや》さんまで出向かなきゃなんない」

「そうか、行っちまうのか」

「待っててね。二刻もすれば戻ってこられるとおもうから」

「遠慮するな。わしと乳繰《ちちく》りあったところで一銭にもならぬ」

「お金ならいいんですよ。旦那のそばにいられるだけで嬉しいんだから」

「愛《う》いやつめ」

優しく抱きよせ、口を吸ってやる。

「嬉し」

おしまはうっとりしつつも、主水之介の腕を振りほどいて腰をあげ、往来に面した障子戸を開けはなった。

「あっ、雪」

雪はしんしんと降りつもり、いつのまにか、往来を白一色に変えていた。

朱の大鳥居が雪の腰巻を穿《は》き、提灯の炎に浮かびあがっている。

「綺麗《きれい》ね」

「ああ」

「俵屋さんのお座敷、止《や》めにしようかな」

鼻にかかった声で甘えられ、後ろからおしまをきつく抱きしめた。

まったく、このままでは本物の腑《ふ》抜《ぬ》けになってしまう。

主水之介は胸につぶやきつつも、白い柔肌をまさぐりはじめた。

五

翌日。

主水之介は深川を飛びだし、ひさしぶりに京橋桶町の千葉道場を訪ねた。

寒気のなかに冴えた気合いが響き、竹刀《しない》を打ちあう音も耳に心地《ここち》好《よ》い。

道場の敷居をまたぐと、門人たちが礼儀正しく会釈をかえした。

身の引きしまるおもいで、主水之介は腰の大小を抜きとる。

「猪山さん」

胴着姿で汗を散らし、若い剣士が飛んできた。

年番方筆頭与力加納兵衛の子息、兵太郎である。

父に似て剛毅《ごうき》な面構えだが、からだのつくりはまだ細い。

主水之介は頰を弛《ゆる》めた。

「ぐうたら暮らしにも飽きてな、疼《うず》きを抑えられずにやってきたのさ」

「小先生も首をながくして待っておられましたよ」

「さようか」

「はい」

兵太郎は竹刀を左手に提げ、ぺこりとお辞儀をする。

「父のせいで申し訳ございませぬ」

「ふむ。十手をお預かりいただいたまま、ご沙汰がなくてな。じつは、困っておるところさ」

「わたしも、それとなく聞いてはみたのですが」

「黙して語らずか」

「お役目のことゆえ、余計な詮索はするなの一点張りで、膝をつきあわせる機会もつくっていただけませぬ」

「すまぬな、気にかけてくれて。ところで、坂木どのの消息は知らぬか」

「いっこうに」

「ふむ、ならばよい」

そこへ、道場主の千葉定吉《さだきち》があらわれた。

「やあ、猪山どの。そろりと顔を出すころとおもっておった」

定吉はいつもの気さくな調子で言い、門人のひとりに得物を持ってこさせた。

竹刀ではなく、使いこまれた木刀だ。

「どうかな、ひとつ」

汗を流してみないかと、笑いかけてくる。

主水之介との申しあいを、心待ちにしていたらしい。

「のぞむところでござる」

主水之介は嬉々《きき》として応じ、木刀を受けとった。

定吉は北辰一刀流を創始した千葉周作の実弟で、門弟たちからは「小先生」の呼称で親しまれている。達人の兄をも凌《しの》ぐ技倆と評されるが、性分は温厚で奥床しく、兄を立てる役割に徹していた。

大柄な兄とくらべて体格は中肉中背、眼差しは涼やかで棘々《とげとげ》しさは欠片《かけら》もない。およそ兵法者らしからぬ風貌だが、これがまた門弟たちに受けている。

周作が道場主をつとめる神田お玉が池の玄武館とも桶町の道場も北辰一刀流の牙城にほかならず、旗本の御曹司から御家人や在府の藩士にいたるまで、定吉の人望を慕って多くの門人が集まってきた。

ふたりが道場の中央へ進むと、門人たちは隅に並んで正座した。

稽古の熱気は消え、呼吸をするのさえ憚《はばか》られるほどの緊迫した空気が流れる。

主水之介は、千葉道場でも数少ない「大目録皆伝」の免状を与えられていた。定吉からは一目置かれ、時折、ふたりは防具無しで申しあいをおこなった。

木刀による寸止めの勝負である。練達者でなければ、確実に大怪我をする。たいてい、三本に一本は主水之介が取った。それだけの実力を備えた者でなければ、定吉の相手はできない。

ふたりは対面し、爪甲礼《そうこうれい》をおこなった。

相青眼《あいせいがん》から物打《ものうち》を軽く叩きあわせ、すっと左右に分かれていく。

定吉は青眼、主水之介は八相に木刀を掲げ、腹の底から気合いを発した。

「きえ……っ」

「とあ……っ」

気合いの連呼は張りつめた空気を裂き、門人たちを圧倒する。

食い入るようにみつめる兵太郎は、全身に鳥肌を立てていた。

ふたりは静かに呼吸を整えつつ、微動だにせずに向きあった。

丈六尺の主水之介は顎を引き、鬼の形相で対手を睨みおろす。

一方、定吉の双眸は湖面のように澄み、みる者は吸いこまれそうになった。

青眼に伸びた木刀の切っ先は、ぴくりとも動かない。にもかかわらず、定吉本人は次第に遠のき、切っ先だけが鼻面へ伸びてくるような錯覚を抱いた。

こうなれば、もはや、術中に嵌《は》まったも同じだ。

いつもの主水之介ならば、安易に踏みこまぬところだが、今日はちがった。

「つおっ」

木刀を上段に振りかぶり、一足一刀の間合いへ踏みこむ。

先々《せんせん》の先《せん》を取ったつもりだった。
定吉は青眼をくずさず、滑るように身を寄せてくる。
木刀の切っ先が、ぱっと眼中から消えた。
――ぶわっ。
左の側頭へ、太刀風《たちかぜ》が襲いかかってくる。
「うっ」
定吉の太刀筋がみえない。
間一髪で弾《はじ》いたものの、二の腕に痺《しび》れが残った。
定吉は気配を殺し、真正面で青眼に構えている。
間合いは五尺、雲上を歩くように爪先を進めてきた。
木刀をすっと持ちあげ、大上段から打ちこんでくる。
斬りおとしか。
一刀流宗家の秘技を、定吉は使う気なのだ。
おもわず、主水之介は身を固めた。
こちらも木刀を上段に構え、猛然と振りおろす。

「けいっ」

狙いは対手の頭蓋、双方の切っ先が触れもせずに重なった。

つぎの瞬間、主水之介の木刀は空を斬り、道場の床を叩いた。

――ばしっ。

板の間の木片が散る。

「勝負あり」

おもわず、兵太郎が叫んだ。

主水之介は驚愕しつつ、おのれの左肩をみる。

定吉の木刀が、触れる寸前で止まっていた。

開いた毛穴から、どっと汗が噴きだす。

真剣ならば、袈裟《けさ》懸《が》けに斬られていた。

「……ま、まいりました」

主水之介は片膝をつき、頭を垂れた。

定吉はものも言わず、寂しげに微笑む。

「猪山どの、茶でもどうだい」

おそらくは対峙《たいじ》した瞬間、稽古不足を見切られていたのだろう。奥の部屋へ行こうと誘ってくれたのは、定吉の心遣いであった。

六

兵太郎は組打ち稽古のつづきへ戻っていった。

奥の六畳間に腰を落ちつけると、機転の利く門人が渋茶を運んできてくれた。床の間に掛かった軸には、墨痕《ぼっこん》も鮮やかに「無心」の二文字が書かれている。

稽古に訪れたときは、いつもこうして茶を啜りながら世間話をする機会に恵まれた。

定吉は世情に明るい。水戸藩から剣術指南役を打診されている兄周作の影響もあり、幕閣の動静などにも詳しく、下っ端役人の知り得ない御政道に関わるはなしなども、おもしろおかしく喋ってくれた。

「昨日、水野さまが御老中筆頭になられたそうな。猪山どのはご存じかな」

「ええ、まあ」

知らぬはずはない。水野忠邦の出世にともない、町奉行所の組織《しくみ》も刷新される公算は大きかった。

町奉行以下、上役や同僚たちは今ごろ、戦々恐々としていることだろう。

だが、何よりも懸念されるのは、水野の走狗《そうく》となってほしいままに権限を行使する本丸目付の増長ぶりだった。なかでも、鳥居《とりい》耀蔵《ようぞう》率いる組下連中の取締は火盗改の比ではないほどの峻烈《しゅんれつ》さで知られている。

それゆえ、定吉が「鳥居さまにも困ったものだ」と吐いたとき、主水之介はおもわず眉間に縦皺《たてじわ》を寄せていた。

「じつは先般、御使者がみえてな。目途も告げず、腕の立つ門人を紹介してくれまいかと頼まれた」

「鳥居さまがそのようなご依頼を」

主水之介は眸子を光らせる。

鳥居と面識はないが、血も涙もない人物との評は聞いていた。

目途のためなら手段を選ばない。罪をでっちあげてでも、狙った獲物を捕らえようとする。たとえば、御政道に意見して世情を擾乱《じょうらん》させた廉《かど》で、田原藩家老の渡辺《わたなべ》崋山《かざん》や蘭学者《らんがくしゃ》の高野長英《たかのちょうえい》に縄を打った。鳥居は大学頭である林述斎《はやしじゅつさい》の実子でもあり、蘭学を毛嫌いしていた。そのため、蘭学者たちが狙われたとの噂もある。つまりは、私情で動いたのだ。

そのような人物を嫌悪しつつも、一方では、斬り捨て御免のお墨付きを与えられた立場で存分に暴れてみたいという渇望がある。

自分でも、なぜかはわからない。

腹に溜めこんだ名状し難い怒りや憤懣《ふんまん》を、世の中にぶちまけてやりたかった。

定吉は、静かな口調でつづける。

「御使者は条件を出された。推薦する者が何らかの役に就いておるときは、内々にそちらとはなしをつける。扶持は今の倍は出そう。万が一浪々の身であっても、直参として抱える用意がある。いずれにせよ、腕の立つ者ならば何人でもよい。是非とも紹介してほしいと、こう申すのだ」

「妙なはなしですな」

「無論、断わったさ。推薦した者の命を預けてほしいと言われてな。門人を死なせたとあっては、道場をたたむしかなかろう」

「なるほど、小先生らしい」

　定吉はにやりと笑い、膝を寄せてくる。

「探りを入れてみた」

「と、仰ると」

「お玉が池の兄のもとへも、斎藤弥九郎《さいとうやくろう》先生の練兵館《れんぺいかん》や桃井春蔵《もものいしゅんぞう》先生の士学館《しがくかん》へも、同様の依頼があったらしい」

「名立たる道場を総なめにする気ですな」

「ふむ。この一件、どうおもう」

　主水之介は問われ、しばらく考えてからこたえた。

「目付直属の番犬組でもつくる腹ではござるまいか」

「なるほど、番犬組か」

　定吉は重い溜息を吐き、声を押し殺す。

「じつは、気になる噂がある。鳥居さまはどうやら、江戸町奉行の座を虎視眈々《こしたんたん》と狙っておられるらしい」

「まさか」

と応じたものの、水野忠邦が後ろ盾《だて》となれば、あり得ないはなしではない。

江戸町奉行になれば、幕閣との結びつきはより緊密なものとなり、権限のおよぶ範囲も拡充される。

鳥居が金の座布団を射止めたあかつきには、おそらく、ぬるま湯に浸《つ》かった役人たちは束にまとめて御役御免となるにちがいない。小悪党と癒着《ゆちゃく》した役人たちの替わりに、餓えた番犬どもが江戸の町に放たれるのだ。

危ういはなしだと、主水之介はおもった。

すかさず、定吉が乾いた笑いを漏らす。

「悪党とみれば、詮議もせず、その場で斬りすててしまう。まかりまちがえば、辻斬り同等の輩が府内にはびこるかもしれん。ま、どっちにしろ、いっそう住みにくい世の中になるってことさ」

市井に暮らす人々はみな、殺伐とした世情を憂いている。

主水之介はすっかり冷めた茶を啜り、定吉に辞去を告げた。

兵太郎はこちらに気づかず、一心不乱に竹刀を振りつづけている。

熱気に包まれた道場から外へ出ると、風花が羽毛のように舞っていた。

富賀岡八幡宮の歳の市は殷賑《いんしん》をきわめ、正月の縁起物を売る香具師の声が途切れぬ日はない。

七

年の瀬も押しせまったころ、加納兵衛のもとから沙汰があった。
――年内謹慎。
待たされたわりには軽い処分で済み、気が抜けた。
ところが、相棒の坂木玄之丞に課された罰は重かった。
切腹こそ免れたものの、御役御免のうえ、江戸追放とされたのだ。
「くそったれ」
主水之介は憤懣やるかたなく、櫓下の『若松』で、おしま相手に自棄酒《やけざけ》を呷った。
早晩、坂木は八丁堀の組屋敷からも追放される。
老いた母親のことをおもうと、胸が痛んだ。
酒を酌みかわして憂さを晴らそうにも、いまだ坂木の所在は判然としない。

病床に臥《ふ》した老母の看病に小女を雇ってやるのが、主水之介にできるせめてものの心遣いだった。

深更、沸々とした怒りを酒で紛らしていると、騒々しく階段を上がってくる者があった。

岡っ引きの与七《よしち》である。

鼻が利くので、重宝に使っていた。

齢《よわい》は四十代なかば、撫《な》で肩で首が細く、禿《は》げかかっており、どことなく守宮《やもり》をおもわせる。本来の縄張りは両国界隈《かいわい》だが、川のそばなら江戸で知らぬところはない。ゆえに「河童《かっぱ》」という綽名で呼ばれている。

河童の与七は血相を変え、挨拶もせずに部屋へ飛びこんできた。

「そぼろの旦那、てえへんだ。坂木さまが死んじまった」

「なにっ」

手にした盃《さかずき》が転げおち、畳に酒がこぼれた。

与七が両膝をつき、真っ赤に腫《は》れた目をくれる。

「心中でさあ」

「……ば、莫迦《ばか》を申すな」

「まちげえねえ。若え女《わけ》と神田川に浮かんだので」

みつけたのは、歌比丘尼《うたびくに》と呼ばれる私娼だ。

夜の五つごろ、菰《こも》を抱えて筋違橋の近くをうろついていると、川縁の浅瀬に頭陀《ずだ》袋《ぶくろ》のようなものが流れてきた。近寄ってみると、抱きあった男女の屍骸《むくろ》だった。男のほうは仔牛《こうし》ほども膨れ、首に女の黒髪を巻きつけていたという。

「与七、おめえ、ほとけをみたのか」

「いいや、みてねえ。比丘尼からはなしを聞いたその足で、すっとんできたんでさあ。旦那が『若松』にしけこんでるってなあ、先刻承知之介でね」

「んなことはどうだっていい。筋違橋へは誰が向かった」

「定町廻りの方々と、それに、与力の岡崎新左衛門さまが」

「なにっ、あの若造め」

主水之介は歯軋《はぎし》りをしながら、腰に大小を差す。

震えているおしまに慰めのことばを吐く余裕もなく、紅殻格子の『若松』をあとにした。

永代橋を渡らず、与七の仕立てた猪牙《ちょき》で大川を遡《さかのぼ》った。

柳橋の口から神田川へ進入するころには夜中の四つ半をまわり、白いものがちらついてきた。

漆黒の空に群雲が流れ、おもいだしたように月が顔を覗かせた。

川面《かわも》は凍《い》てつき、舟底から冷気が伝わっても、怒りを抑えきれぬ主水之介はいっこうに寒さを感じない。

「そぼろの旦那、あすこでさあ」

提灯の光がいくつもみえた。

屍骸はみつかった当初のまま、保たれているようだ。

川端に猪牙を寄せ、与七ともども、雪に覆われた川原《かわら》へ降りた。

提灯が揺れ、やにわに、疳高い声で皮肉を浴びせられた。

「悠々と猪牙でお越しとはな、遊山《ゆさん》気分かよ」

陣笠をかぶった若い与力だ。

生白いうらなり顔、眦の吊りあがった棘《とげ》のある眸子、岡崎新左衛門であった。

「猪山。おぬし、どこに隠れておった。いや、言わずともよい。どうせ、深川あたりの茶屋であろう」

図星だ。

それにしても、年下のくせに、この居丈高な態度はどうだ。身分のちがいこそあれ、こちらのほうが何倍も年季を積んでいるというのに、うらなり顔の若造は悪態を吐いてくる。

「お上の禄《ろく》を喰《は》んでおきながら、怠慢にすぎるであろうが。ま、所詮、橋廻りなんぞは役立たずの穀潰《ごくつぶ》しよ。みてみろ、なれの果てがあれだ」

顎をしゃくったさきには筵《むしろ》が敷かれ、男女の白い脛《すね》がのぞいている。

男は坂木なのだろう。

「北町の面汚しだな」

岡崎は吐きすて、口端に冷笑を浮かべる。

主水之介の怒りは、暴発しかけていた。

与七に袖を引かれなければ、撲りかかっていたところだ。

見知った顔の定町廻りたちは、困った様子で佇んでいる。

死んだ坂木にも、相棒の主水之介にも、同情を禁じ得ない。が、岡崎の手前、下手なことは口にできなかった。口にすれば告げ口され、上役から何を言われるかわかったものではないからだ。同僚の無残な屍骸を目にすれば、保身に走りたくなるのも仕方あるまい。

「経緯《いきさつ》は明白だな」

と、岡崎はこぼす。

坂木は内々に江戸追放の沙汰を知り、進退窮まった。

世を儚み、泥酔したあげく、馴染みの情婦と入水をはかった。

「まずは、そんなところだろう」

入水の原因《もと》をつくった張本人は、岡崎ということになる。

主水之介は、いっそう恨みを募らせた。

が、ここはひとつ、冷静にならねばならぬ。

定町廻りが検屍《けんし》を怠り、おもいこみで水死と決めつけているのかもしれない。

それに、妙だなという勘がはたらいていた。

頭から離れないのは、歌比丘尼の「男のほうは仔牛ほども膨れ、首に女の黒髪を巻きつけていた」という証言だ。

坂木は腐った内臓が膨れたせいで、異様に肥大してみえたにちがいない。

ならば、女の水死体はどうなっているのか。

与七が、遠慮がちに低声を投げかけてくる。

「旦那、ほとけをあらためたほうがいいかも」

「そうだな」

相棒ならば、死に顔を拝ませてもらうのは当然のことだ。

主水之介は屍骸に歩みより、屈《かが》んで筵をめくった。

八

文句を言う者は誰もいない。

主水之介は念仏を唱え、仰向《あおむ》けで並んだ男女の屍骸をみつめた。

白布一枚を纏った半裸のすがたは、川から引きあげられた恰好のままだ。

ざんばら髪の男は、やはり、坂木である。

腐った内臓に毒気が溜まり、もともとの肥えた腹が倍にも膨らんでいた。

まさに、仔牛の屍骸とも頭陀袋とも見紛《みまが》うような凄惨なありさまである。

あおぐろい顔は布袋のようで、指で突っつけば穴が穿《うが》たれてしまうほどくずれかかっている。しかも、耐えがたいほどの異臭を放ち、死後三日は経過しているものと察せられた。

「うっ、ひでえな、こりゃ」

背後に立った岡崎が鼻を摘《つま》んだ。

主水之介は舌打ちし、坂木の屍骸をじっくり調べだす。

一見したところ、外傷はない。指で白布を除《の》けると、胸に水死の証拠《あかし》となる斑点がみうけられた。

つぎに、女をみた。

豊かな黒髪が藻のように張りつき、両頬と首筋を覆いかくしている。

皮膚は蠟燭《ろうそく》のように白く滑らかで、存外にきれいな顔をしており、損傷も坂木ほどではない。下っ腹のあたりはかなり膨らんでいるものの、洗濯板のように肋骨《あばら》の浮きでた痩身の女だった。外傷の痕跡はなく、こちらも水死とおもわれたが、入水から三日が経過しているにしては、やはり、きれいすぎる。

主水之介は疑念を深めつつ、指で女の黒髪を掻きあげてみた。

「うっ」

驚きのあまり、声を漏らす。

右の目もとに、椎の実大の痣があった。

「……こ、この女」

唐突に記憶が甦《よみがえ》ってくる。

あやめという女を追って、両国米沢町の辻裏へ紛れこんだ。

薩摩示現流の手合いが発する猿叫を聞き、力士くずれの頑鉄に逆捻じを食らわせたのだ。蜥蜴目を光らせた曼陀羅屋長兵衛の顔も浮かんでくる。三挺並んだうちの三番目の駕籠に、痣のある女は乗っていた。

まちがいない。

女は顔の下半分を白い布で覆っていた。

切れ長の眸子は、怒りとも恐れともつかぬ熱を帯びていたのだ。

あのとき、坂木は燃えるような眼差しで女を睨みつけていた。

やはり、ふたりは浅からぬ仲にあったのだろうか。

気心の知れた相棒にさえ、女との関わりを隠さねばならなかったのか。

「なぜだ、坂木さん」

喋らぬ屍骸に向かって、主水之介は恨み事を吐いた。

だが、今は情に流されているときではない。

女の屍骸がきれいすぎる疑念を、どう解くかだ。

もういちど、死に顔をみた。

「ん」

主水之介は何をおもったか、女の尖った鼻を摘む。

ぽろりと、鼻が取れた。

「あっ」

覗きこんでいた連中が声をあげる。

摘みあげた鼻を、じっくり眺めてみた。

「旦那、そいつは糝粉細工《しんこざいく》ですぜ」

与七の指摘するとおり、めずらしい代物ではない。

人は瘡《かさ》に罹《かか》ると、鼻の軟骨が抜けおちる。娼婦は鼻が無いと商売にならないので、こうした細工鼻を膠《にかわ》でくっつけるのだ。

駕籠に乗った女が布で顔を隠していた理由は、欠けた鼻をみられたくなかったからかもしれない。

坂木は、瘡気のある女と懇ろになったのだ。

それにしても、精巧な付け鼻だった。

何日も経過した屍骸ならば、皮膚は弛《たる》んで変色する。

もちろん、付け鼻がそのままになっているはずはない。

主水之介は顔をあげ、定町廻りの連中をみた。

みな、ぷいと横を向く。

この連中も疑っているのだ。

にもかかわらず、無視を決めこんでいる。

厄介事を背負いこみたくないのか、それとも、誰かに詮索するなと釘を刺されているのか。いずれにしろ、ふたりの死んだ刻限に差があるとすれば、心中ではなく、殺しの線が浮かんでくる。

主水之介は、三白眼で定町廻りたちを睨みつけた。

そのとき、意外にも、岡崎が同じ懸念を口にした。

「妙だな。女のほうは傷みが少なすぎる」

独り言のようにこぼし、後藤四郎兵衛《ごとうしろべえ》という年輩の定町廻りに詰問する。

「後藤。これを相対死《あいたいじに》とみなすは早計であろう。殺しの線もあるぞ。心当たりは」

「はあ、それが」

後藤は落ちつかない様子で、眼差しを宙に遊ばせた。

替わりに応じたのは、河童の与七である。

「おそれながら、岡崎さま」

「なんだ」

「じつは五日前の晩、牢破りがござりやしたんで、へえ」

「牢破りだと。聞いておらぬぞ」

「さいですか。みなさん、ご存じのはずでやすがねえ」

「わしは聞いておらんぞ」

「師走の糞《くそ》忙しいさなかのことでやすから、お耳にはいらなかったのかも」

「まあよい。牢破りがいかがした」

「逃げた野郎ってのが、例の清吉なのでやすよ。ほれ、南茅場町の大番屋で釣責めにした……おもいだしていただけやしたかい。岡崎さまに助けられた悪党のことでやすよ」

「何だと」

うらなり顔から血の気が引いた。

主水之介も知らないことだ。

なぜ、黙っていたと目顔で叱りつけると、与七は頭を掻いた。

「坂木さまのことで気が動顚《どうてん》しちまったんでさあ」

与七の言い訳を、定町廻りたちは苦々しい顔で聞いている。

「岡崎さま。これは加納さまのお指図なのです」

と、後藤が蚊の鳴くような声で言い訳をした。

「なに、加納さまの」

「はい、御奉行に余計な心労をかけたくはない。ゆえに、清吉の探索は内々におこなえと申されました。そのやさき、坂木どのがかような目に」

「なるほど、清吉は坂木を恨んでおったのだな」

「はい」

「して、うぬらの見解は」

岡崎の問いかけに、後藤は口ごもりつつも応じた。

「察するに、これは清吉の仕業ではあるまいかと、かように相談いたしておりました。ただし、内々に探索せよとの縛りがあるゆえ」

「相対死にみたてようとしたのか」

「いえ、そのような。当面は事を荒立てたくなかっただけのことでござります」

「ふうむ、いささか承服しかねるな。捕り方のありようにも関わってくるはなしだ」

「されど、われわれにはどうしようもござらぬ。岡崎さまがさようにお考えならば、加納さまと直談判《じかだんぱん》していただくしかござりませぬが」

「わかった、そうしよう」

主水之介は、岡崎新左衛門と後藤四郎兵衛のやりとりを黙って聞いていた。

新参者への怒りは消えぬものの、正義を振りかざす若造与力の態度がどことなく清々《すがすが》しく感じられた。

もちろん、疎外された者同士で傷を嘗めあう気は毛頭ない。
それにしても、謎は深まるばかりだ。
小伝馬町の牢を破る所業は、言うほど簡単なことではない。
なるほど、清吉は斬首待ちの重罪人であった。
牢にあって死を待つばかりの身なら、一か八かの賭けに出てもおかしくはない。
ただ、逃げるだけならまだしも、逃げたあとに坂木を殺《あや》めたいとおもうだろうか。
それほど、執念深く憎んでいたのか。
しかも、逃げたその足で坂木の所在を突きとめ、命を奪うことができたのだろうか。
女まで巻きこみ、水死にみせかけたのだ。
それだけ手の込んだ仕掛けを、いかにして清吉がやりおおせたのか。
きっと、裏がある。
主水之介は生得の勘で、どす黒い陰謀の臭いを嗅《か》ぎとった。
ともあれ、清吉を一刻も早くみつけださねばなるまい。
だが、与七以外は信用できぬ。

定町廻りとは別で動くしかなかろう。

「坂木さん……」

変わりはてた相棒に向かって、主水之介はそっと語りかけた。

――そぼろよ、頼むぞ。

無念のおもいを滲《にじ》ませた魂が、耳に囁きかけてきたように感じられた。

醜く浮腫《ふくら》んだ顔が、わずかに笑ったような気もする。

「……きっと、恨みは晴らしますよ」

主水之介は拳を固め、胸に誓った。

九

坂木は、何者かによって殺められた。

定町廻りの推察どおり、清吉が殺《や》ったのかもしれない。

「意趣返《いしゅがえ》しか」

いや、そうではあるまいと、主水之介はおもった。

糸口はふたつある。

清吉の線と、もうひとつは鼻の欠けた女の線だ。

清吉の線は河童の与七にまかせ、主水之介は女のほうを探ってみようとおもった。

そのためには、曼陀羅屋長兵衛を当たるのが手っ取り早い。

正面からぶつかっても、狡猾《こうかつ》な長兵衛のことゆえ、適当にあしらわれるのはわかっている。

翌朝、主水之介は両国広小路へ向かった。

米沢町の『伊丹屋』で馴染みの番頭をつかまえ、あやめの所在を訊きだしたのだ。

足を向けたのは、広小路にほど近い橘町であった。

空は抜けるように晴れわたり、汗ばむほどの陽気である。

横丁は晦日《みそか》を控えて忙しなく、引きずり餅を搗く威勢のよい掛け声なども聞こえてきた。

あやめの暮らす仕舞屋《しもたや》は、堀川に架かる橋の手前に佇んでいた。

こぢんまりとした黒板塀の平屋だが、門柱もあれば生垣もある。

一見して、妾宅《しょうたく》であることはわかった。

小路を挟んで貧乏長屋と接しているものの、近所づきあいはなさそうだ。

表通りの喧騒からも隔てられ、一軒だけぽつんと取りのこされた印象だった。

「頼もう、誰かおらぬか」

主水之介は緊張した面持ちで板戸を開け、仕舞屋に足を踏みいれた。

出迎える者とてなく、土間に突っ立っていると、内廊下の奥から微《かす》かな呻《うめ》き声が聞こえてくる。

好奇心をそそられ、雪駄を脱いだ。

足を忍ばせ、声のするほうへ向かう。

廊下の途中に箱庭があり、根雪のなかに真紅の花がほころんでいた。

「寒椿《かんつばき》か」

血の色を連想した。

さらに廊下を進むと、抹香臭《まっこうくさ》さが漂ってくる。

仏間であろうか。

障子一枚隔てた向こうから、男の呻き声が漏れていた。

それも、年嵩《としかさ》の男のようだ。

苦しげな呻きは、おぞましい喜悦の色を帯びていく。

強烈な悋気《りんき》に衝《つ》きあげられ、胸が潰れそうになった。

男の荒い息遣いは、やがて、嗄《しゃが》れ声に変わった。

「愛《う》いおなごよのう。もう放さぬ、誰がなんと言おうとな。身代をなげうってでも、おまえをわたしだけのものにする……ん、笑ったな。わたしにはできぬと申すのか。曼陀羅屋に掛けあってもよいのだぞ。黴《かび》臭い仕舞屋なんぞ、明日にでも引きはらってしまえばよい。わたしが島田町のあたりに豪勢な妾宅を建ててやろうじゃないか。どうだ、ありがたいはなしであろう」

「嬉しゅうござります」

女の掠《かす》れ声が聞こえた。

やはり、あやめなのか。

愕然《がくぜん》とする。

切ない艶声《つやごえ》に耳を擽《くすぐ》られ、主水之介はおかしな気分にさせられた。

どこぞの金持ちに、あやめはいたぶられているのだ。

主水之介は耐えきれず、跫音《あしおと》を殺して廊下を戻った。

空腹に耐えながら、一刻半ばかり物陰に隠れつづけた。

やがて、中天《ちゅうてん》に陽が昇ったころ、商人風の男が湯あがりのような顔であらわれた。

鯰顔《なまずがお》、固太りのからだつき、みおぼえがある。

あるどころか、ここから四町もはなれていない米沢町一丁目にある『伊丹屋』の主人、善兵衛であった。

丁稚小僧からの叩きあげで婿養子となり、真面目一本で通ってきた男だ。

善兵衛はこそ泥のように頬被《ほおかむ》りをし、門を抜けてから注意深く左右をみまわすと、橋向こうへ遠ざかっていった。

「けっ、情けねえざまだぜ」

あやめは、善兵衛を虜《とりこ》にした。

商売一筋でやってきた真面目な男を、骨抜きにしたのだ。

善兵衛の吐いた「身代をなげうってでも」という台詞は、あながち嘘《うそ》ではあるまい。

あやめには、男を狂わすだけの魔力がある。

十

ふたたび、主水之介は門を潜《くぐ》りぬけた。

声を出さず、遠慮がちに板戸を敲《たた》く。

女の跫音が近づき、内から「お忘れ物ですか」と、低声が漏れた。

板戸が開かれ、島田髷を結いなおしたばかりの艶めいた顔があらわれた。

「あら、八丁堀の旦那」

そう言ったきり、あやめはことばを呑みこんだ。

かといって、さほど驚いた様子もなく、受け気味の朱唇に笑みを湛《たた》えてみせる。

「何の御用です」

主水之介は動揺を悟られまいと、俯いて声を落とした。

「ちと訊きたいことがあってな、手間はとらせぬ。はいってもよいか」

「ええ、どうぞ」

あやめは左手で黒い着物の褄《つま》をとり、小粋な仕種で主水之介を招きいれた。

上がり框《かまち》に腰をおろすと、奥の部屋から丸火鉢を持ってくる。

さすがに警戒しているのか、雪駄を脱がせぬ腹らしい。

「で、お尋ね事とは」

「いつぞやのこと、おぼえておるか」

「頑鉄の腕を捻った宵のことですか」

「ああ、そうだ。駕籠が三挺あったな。ひとつは曼陀羅屋長兵衛、ひとつはおぬし、そして三番目の駕籠には顔を布で隠した女が乗っていた。右の目もとに椎の実ほどの痣がある若い女だ」

「おまきちゃんのことでしょ」

あっさり名を告げられ、主水之介は軽く溜息を漏らす。

「おまきというのか。素性を教えてくれ」

「よくは知りません。あのときと、それから二度ほど逢《あ》っただけですから。ただ」

「ただ」

「むかし、大奥勤めをしていたそうですよ」

「大奥勤め」

「本人が、ぽろりと漏らしました」

「ぽろりとな」

「ええ」

「おぬしら、曼陀羅屋とはどういう関わりなのだ」

「踊りができるから、お座敷に声を掛けていただくんです」

「ほう」

眉唾なはなしだ。金持ち連中にあてがう私娼として、容色の美しい女たちが曼陀羅屋に飼われているのではないかと、主水之介は疑っていた。

「おまきはなぜ、顔を隠しておったのだろうな」

「さあ、お知りになりたければ、曼陀羅屋の旦那をお訪ねになったらいかがです」

「長兵衛のやつに訊いても、まともな返答は得られまい」

「それで、わたしのところへ」

「まあな」

「お役に立ちそうにありませんけど」

あやめは、蕾《つぼみ》がほころぶように咲《えも》うてみせる。

主水之介は、どきりとした。

凄艶な妖しさは、庭に咲く寒椿のようだ。

「旦那、おまきちゃんがどうかなすったの」

「昨晩、神田川に浮かんだ」

「え」

あやめは絶句し、よろめいた。

尋常な驚きようではない。

右手を床につき、左手で胸もとを押さえ、苦しげに息をしはじめる。

「おい、大丈夫か」

「……え、ええ」

あやめは何とか立ちあがり、ふらつく足取りで奥へ消えた。

しばらく待っていると、盆に銚子を載せて戻ってくる。

覚悟を決めたような顔つきに変わっていた。

「お燗《かん》は人肌でよろしいですか」

あやめは平静を装い、馴れた仕種で酒を注いだ。

盃をひと息に呷ると、熱いものが咽喉を焼き、胃袋に染みこんでいく。

「美味いな」

「富士見酒ですよ」

わかっている。伊丹屋の差しいれだろう。

「驚かせてすまなかったな」

「教えてください。おまきちゃんは、どのように」

「男といっしょだ。半裸で抱きあっていた」

「まあ」

主水之介は、あやめの反応を窺《うかが》った。

貪《むさぼ》るように一言一句聞きもらすまいとおもった。

何かを喋りたがっているふうにもみえる。

「相対死でしょうか」

「その線で調べは進めている。たぶん、詳しい事情は曼陀羅屋が知っているにちげえねえ」

鎌を掛けた。あやめの表情に動きはない。

「男はわしの知りあいでな、世話になった恩人なのさ。だから、この一件の真相だけは石に齧りついてでも探りださなくちゃならねえ」

「石に齧りついてでも」

「ああ、そうだ」

あやめは小首をかしげ、上目遣いにみつめてくる。

鳶色《とびいろ》の澄んだ瞳だ。

吸いこまれそうになりながらも、主水之介はひょいと腰をあげた。

「邪魔したな」

帯に大刀を差し、黒羽織をひるがえす。

「あの」

「ん、何だ」

「旦那のお名を頂戴しても」

「猪山主水之介。何かあったら、深川櫓下の『若松』を訪ねてくれ」

「『若松』でござりますか」

「料理茶屋さ。離室でとぐろを巻いておる」

「承知いたしました」
あやめは三つ指をつき、深々とお辞儀をする。
主水之介は、あやめの鼻を盗み見た。
かたちのよい鼻だ。細工ではない。
ほっと安堵《あんど》し、後ろ髪を引かれるおもいで外へ出る。
「肝心なことを聞きそびれたな」
『伊丹屋』の主人を骨抜きにして、何を企《たくら》んでいるのか。
自分の意志で抱かれたのか。それとも、曼陀羅屋長兵衛の指図なのか。
長兵衛とは、いったい、どういう関わりなのか。
さらには、長兵衛の関わる悪事を、どこまで知っているのか。
拷問蔵で釣責めにでもすれば、何もかも吐いてしまうかもしれない。
だが、責め苦を与えた途端、磁器のように壊れてしまう危うさもある。
真相を訊きだすためには、今少し時を掛けねばなるまい。
気づいてみれば、空は鉛色の雪雲に覆われていた。
ひとひらの風花が舞いおり、掌の上で溶けていく。

ふと、振りかえれば、あやめが門柱の陰からみつめている。

「くそっ、やっぱりおれは……」

あの女にいかれちまったようだと、主水之介はおもった。

第二章　五稜斬撃《ごりょうざんげき》

一

忙しなく年が明け、あっというまにひと月余りが過ぎた。

牢破りをはかった清吉の行方《ゆくえ》は杳《よう》として知れず、あやめとの関わりもあれきりになっている。河童の与七を使って曼陀羅屋に探りを入れてはみたが、これといってめぼしいはなしはなく、闇に隠れた真相を照らしだす手段はみつけられない。

坂木殺しについては、予想どおり、廻り方の連中が本腰を入れて調べに乗りだす気配もなかった。岡崎新左衛門だけは清吉の行方を探しまわっていたが、それも最初のうちだけで、正月行事などに追われているうちに動きは鈍くなっていった。

そうしたなか、主水之介は年番方筆頭与力の加納兵衛に呼びつけられた。

どうせ、怠慢を指摘されて叱られるか、こんどこそ御役御免になるか、ふたつにひとつであろう。

謹慎を解かれてからも、役目を疎《おろそ》かにしたまま、たったひとりで坂木殺しの探索に首を突っこんでいた。解決の糸口すら摑めないことに苛立《いらだ》ち、夜な夜な深川の『若松』に入りびたっているのだ。何を申しわたされようが、文句は言えない。

腑甲斐なさを募らせつつ、加納邸の庭に面した廊下に座り、主水之介は一刻余りも待たされた。

垣根に積もった名残《なごり》の雪は溶け、日だまりに咲いた梅の花が春の到来を告げている。

根岸のあたりでは鶯《うぐいす》の初音も聞いた。

辰巳芸者のおしまと連れだって、亀戸《かめいど》の梅屋敷へも遊山に出掛けた。

いまだ余寒は厳しいものの、春は目と鼻のさきに近づいている。

「いっそ、侍なんぞ辞めちまうか」

などと、なかば本気で戯《ざ》れ言《ごと》を吐いたこともあった。

町人になってしまえば、余計な心労も抱えこまずに済む。

おしまと所帯をもち、傘貼りや虫籠作りをやりながら、貧乏長屋で気楽に暮らすのもわるくない。

できもしないことをうじうじおもいめぐらせていると、午《うま》ノ刻を過ぎたころ、加納が黒羽織を纏った長身の男をともなってあらわれた。

「猪山、待たせたな。まあ、はいれ」

「は」

主水之介は命じられるがまま、八畳間のなかへ膝を進めた。

加納は床の間を背にして脇息《きょうそく》にもたれ、向かって右手に長身の男が端座する。

できるなと察した。

剣技のほどは、身のこなしですぐにわかる。

齢は五十前後、鬢には霜がまじっていた。剃刀《かみそり》のような眸子に太い鷲鼻を持ち、への字に曲がった薄い丹唇《くちびる》と尖った顎の線が意志の強さを感じさせる。背筋のぴっと伸びた物腰はいかにも武芸者然としているものの、風体から推すと役人だろう。

「こちらは片倉銑十郎《かたくらせんじゅうろう》どのじゃ」

加納は懐中から扇子を取りだし、ばっと開いてみせた。

「このたび、ご老中水野さま直々のお達しにより、本丸目付支配の捕り方を統べることとあいなられた」

「本丸目付の」

　狐につままれたような顔で、主水之介は加納のことばを待った。

「江戸にはびこる不逞の輩を成敗いたす五稜組の噂ならば、そちも聞いておろう」

　水野忠邦による鶴のひと声で、鳥居耀蔵のもとに「五稜組」と称する捕り方が配された。老中支配の江戸町奉行所と並列し、表向きは、捕り方の数不足を補うものとされている。本丸目付のもとで隠密働きもおこなうが、組の陣容や役目の中味は秘匿されていた。

　長官に任命された片倉は中堅旗本の出身で、役高千五百石が与えられる。しかも、布衣着用のうえ躑躅の間伺候の格式ということなので、火盗改を兼ねる御先手組の長官と同格と考えてよかった。

　役目も似かよっており、城内への出仕にはおよばず、長官みずから市中の忍びまわりもやれば、追捕の陣頭指揮も執る。窃盗、放火、殺人といった重罪人を主に扱い、犯人の捕縛から取調べまでのすべてをこなすものとされた。

かつて、桶町の道場で千葉定吉の語った「辻斬り同等の輩」が捕り方の衣を纏ってしまったのだ。「五稜組」を本丸目付のもとに配したのは、水野忠邦が鳥居耀蔵を右腕と認めたことの証左でもあった。

鳥居に鵜飼《うか》い役を命じられたのが、片倉という人物なのだ。

「厳選された者は粒揃いの猛者《もさ》ばかりじゃ。その数は五十余りと聞いておる」

加納は芝居がかった調子で、肥えた腹を迫りだす。

「猪山よ。そちを呼んだのはほかでもない、北町奉行所きっての剣技を買ってのことじゃ」

「と、仰いますと」

これには片倉が反応した。

首を捻り、凄味《すごみ》のある顔で微笑む。

「われわれは町奉行所でも逸材とおぼしき者を探しておった。猪山主水之介、そちは北辰一刀流の練達と聞いておる。どうであろうな、わしのもとで汗を掻いてくれぬか」

「汗を掻くとは、人を斬ることにござりまするか」

「ふはは、さよう。なれど、斬るのは人にあらず、人の皮をかぶった外道《げどう》じゃ。誤解するでない。外道といえども無闇に斬りはせぬ。よくよく吟味したうえでのことじゃ。五稜組はの、旗幟《きし》に忠誠と正義を掲げておる。そうでなければ、加納どののもとへ足を向けることもできぬわ」

人斬りを旨とするならば、奉行所の助力など得られまい。「五稜組」は若年寄支配の火盗改にかぎりなく近く、斬り捨て御免の免状を与えられた集まりなのだ。規律を徹底させぬかぎり、片倉の言うような「忠誠と正義を掲げ」た捕り方とはなり得まい。

主水之介は、拒む理由をみつけられなかった。

鬱々《うつうつ》とした暮らしから脱するには、よい機会かもしれぬ。

「加納どのから大番屋の一件は聞いておる。謹慎を解かれた身とはいえ、何かとやりづらいことも多かろう。ならばいっそ、役を替えてもらってはどうか。これはな、加納どののご温情でもある。新天地で存分に腕をふるってみよ。橋廻りよりは何倍もやり甲斐のあるお役目ぞ」

口調こそ穏やかなものの、抗いがたい力に薙《な》ぎふせられるおもいだった。

高飛車に役替えを命じようとせず、あくまでも本人の意志に任せる。一見、公平なやり方にみえて、そのじつ、血判を迫られているようでもある。峻拒《しゅんきょ》すれば、おそらく、永遠に這《は》いあがることのできない吹きだまりへ葬られてしまうのだろう。

痺れを切らしたように、加納が扇子を閉じた。

「猪山、受けてくれるな」

「はは、慎んで」

「よし、それでこそ猪山主水之介じゃ。片倉どのに北町奉行所の心意気を存分に披露してみせよ」

主水之介は平蜘蛛《ひらぐも》のように額《ぬか》ずいた。

片倉銑十郎は満足げにうなずき、明日夕刻、小石川の拝領屋敷へ出仕せよと命じ、席を立った。

加納はふたりになると肩の力を抜き、親しげに声を掛けてきた。

「兵太郎にせっつかれて困ったぞ。北町奉行所きっての剣客を橋廻りなんぞに就かせ、このまま腐らせてしまうつもりかとな。ふふ、あやつは刀をも抜きかねぬ面構えで迫ってきおったのじゃ」

「兵太郎どのには感謝のしようもございませぬ」

「よいよい、そちを兄のように慕っておるからの。ま、あやつが役にでも就いたら、力になってやってくれい」

「は」

「こたびは片倉どのにどうしてもと請われ、五稜組に送ることとなったがの。兵太郎も望むとおり、いずれ機をみて、そちをしかるべき役へ戻すつもりでおる。ま、それまでの辛抱じゃ」

「はは」

「なれば用事は済んだ、さがってよいぞ」

「しばらくお待ちを」

主水之介は膝を躙《にじ》りよせ、鷹揚《おうよう》に扇子を揺らす雛壇《ひなだん》の相手を睨みつけた。新たな役目へ就くまえに、是非とも訊いておかねばならぬことがある。

「なんじゃ、その怒った目は」

「坂木どのの一件にござりまする」

「坂木の」

「はい、岡崎さまからもお尋ねがあったやに存じまするが」

「牢破りのことか。清吉なるものが、坂木を殺めたとか申しておったな。わしに言わせれば笑止千万、一介の悪党が牢破りをしてまで役人を殺めるものか」

「御意にござります。なれば、加納さまの御推察やいかに」

「相対死じゃ」

「不可解にござる」

「なにっ」

「それがし、ほとけを検屍いたしました」

主水之介は男女ふたりの死亡した刻限にずれがあったと主張する。

「岡崎さまか定町廻りの後藤四郎兵衛どのから、報告はありませなんだか」

「あったやもしれぬ。されど、岡崎も後藤も要領を得ぬはなしぶりでな、わしのほうも年末年始の瑣事《さじ》に忙殺されておったゆえ、捨ておくしかなかったのじゃ」

加納は、苦しげに溜息を吐いた。

「正直に申せば、そちのはなしを聞くまで、坂木の一件はわしの裁量で決するつもりじゃった」

「決するとは、どのようにでござりますか」

「そうやって力むな」

相対死ともなれば、たとえ腐った屍骸《むくろ》であっても曝《さら》し場に放置せねばならない。それがお上のさだめた法度である。

しかし、まかりまちがっても、捕り方同心を曝しにはできない。そんなことをすれば、北町奉行所の恥辱であるばかりか、お上の威光にも傷がつく。

「しかも、坂木には老いた母があると聞いた。子が相対死で逝ったとあっては、母御は生き恥をさらさねばなるまい。かといって、坂木の芳しからざる素行から鑑みるに、名誉の死を与えるわけにはいかぬ。残る手段は病死じゃ。お役目中の病死ということで決着させ、御奉行に上申つかまつる腹を決めておった。されど、あくまでも、右の措置は相対死という確信があったればこそのこと」

加納らしい配慮とも言えたが、真実を封印しては坂木の霊も浮かばれまい。

主水之介は語気を強め、おのれの存念をぶつけた。

「いまだ、坂木どのの一件は解決されておりませぬ。何者かが相対死にみせかけたのでござります。なれど、加納さまも仰せのとおり、下手人が清吉とは考えにくい。坂木どのを殺めた者は、きっとほかにあるはずでござります」

「なるほどの。どうやら、わしの考えが甘かったようじゃ。そちの申すとおり、相対死でないとするなら、役人殺しはお上のご威光にも関わる由々しき一大事である。ふむ、さっそく調べなおしをさせるとしよう」

加納のいつにない真剣さに、主水之介は胸を撫でおろした。

と同時に、心から感謝の意を籠めて深々とお辞儀をする。

「任せておけ。そちの気持ちはようくわかっておる。坂木のことは口惜《くちお》しかろうが、何もかも忘れ、新天地で存分にはたらいてみせよ。ひいては、それが坂木玄之丞への供養にもなろう」

「はっ」

加納のことばが嬉しかった。

自分でも驚くほどの意欲が湧いてくる。

主水之介は何年かぶりで、やってやるぞという気になった。

このような心持ちになるのは、奉行所にはじめて出仕したとき以来のことかもしれない。

二

翌夕、主水之介は片倉銑十郎の拝領屋敷へおもむいた。

火盗改同様、役目を拝命した長官の私邸が役宅となる。役宅なので、吟味席や白洲、溜《た》まりと称する牢屋なども併設されている。

主水之介は北町奉行所へ通うのと同じ気持ちで、今日から片倉邸へ通わねばならない。

小石川の伝通院門前から大路を抜け、辻をいくつか曲がり、松平播磨守上屋敷の海鼠塀《なまこべい》に沿って西へ向かう。

海鼠塀の途切れたあたりに、めざす拝領屋敷は建っていた。

かつて、この一画には切支丹《きりしたん》の牢屋敷があり、周囲四十三間四方は一丈の分厚い石壁で囲まれ、蟻《あり》の這いでる隙もなかった。牢屋敷のなかでは連日連夜、酷《ひど》い拷問や処刑がおこなわれていたのだ。

土を掘りおこせば、無数の白骨がみつかるにちがいない。

丑満《うしみ》つ刻《どき》には、成仏できぬ者たちの慟哭《どうこく》が聞こえてくるともいう。

なるほど、日中でも足を踏みこめば、背筋に悪寒が走る。

切支丹の怨念が、瘴気《しょうき》のようにわだかまっているのだろう。

そうした場所に、片倉の役宅はあった。

斬撃を旨とする連中の拠点としては、まことに相応《ふさわ》しいところではないかと、主水之介はおもう。

冠木門《かぶきもん》の脇には、六尺棒をもった門番が立っていた。

「ご姓名を」

と訊かれ、名乗りあげる。

無愛想な門番を横目に脇門を潜ると、庭の中央に見事な榎《えのき》が枝を広げていた。

奥まったところには古びた五角形の御堂が建ち、夕照を浴びた檜皮葺《ひわだぶ》きの大屋根は燃えているかのようだ。

騒がしい人の声に誘われ、主水之介は堂内へ踏みこんだ。

内はひろく、伽藍《がらん》の深奥には須弥壇《しゅみだん》が築かれ、本尊の毘沙門天《びしゃもんてん》が祀《まつ》られている。右手に戟《げき》をもち、左手を額に翳す闘神のすがたは、京洛《きょうらく》の北面を守護する鞍馬寺《くらまでら》の本尊と瓜ふたつだ。

千代田城からみて、小石川は北面に当たっている。江戸を守護する者たちの気概を毘沙門天に託そうとでもいうのだろうか。

薄暗い堂内には、五十人を超える男たちが集まっていた。振りむく者とてなく、みながてんでばらばらに喋っている。人いきれと汗臭さが充満し、主水之介は踵を返したくなった。

伽藍の隅に座を占めると、知った顔が笑いながら近寄ってきた。

「よう、そぼろ主水之介。おぬしもか」

髪を銀杏髷に結った南町奉行所の定町廻り、吉見彦三郎《よしみひこさぶろう》である。

からだつきは中肉中背、目は糸のように細く、のっぺりした顔つきだが、南町の龍という異名をもつ佐分利流槍術《さぶりりゅうそうじゅつ》の名手で、主水之介とは昵懇《じっこん》の間柄だった。

吉見とは何度も申しあいをやった。

刀を持てば互角だが、槍《やり》ではとうていかなわない。

どうやら、吉見も五稜組に引きぬかれた口らしい。この男も主水之介に似て、奉行所内では一匹狼《いっぴきおおかみ》で通っていた。年番方の古参与力に呼びだされ、片倉同席のもと、転入を迫られたのだという。

「銀杏髷はおぬしとわしのふたりだけ、あとは浪人風体の輩さ」

「野良犬《のらいぬ》の寄せあつめか」

「さよう、わしのみたところ、遣えそうな者は十人もおらぬ。あとは屑《くず》同然だな」

吉見は声を殺して笑い、伽藍のなかを眺めわたす。

たしかに、集まった連中は捕吏の印象とはほど遠い。月代《さかやき》も無精髭も伸びきり、いずれも垢《あか》じみた着物を纏っている。狩る側ではなく、狩られる側の男たちだ。

主水之介は、わずかに失望した。

「与力五騎に組下同心五十人。片倉銑十郎はどうやら、火盗改の向こうを張った陣容にしたいらしい」

と、吉見は説明する。

右の数は、南北両町奉行所を合わせた捕り方の数とほぼ拮抗《きっこう》していた。

「されどな、ここにおる者たちすべてが採用されるわけでもなさそうだ。野良犬どもの不安げな顔をみろ。直参にとりたてると約束されたはずなのに、蓋をあけてみればはなしがちがう。今から、ふるいおとしがおこなわれるのさ」

「ふるいおとしだと」

「おれたちはな、今から悪党狩りに向かわされる。下手をすりゃ、犬死にするやつも出てくるだろう。世の中、そんなにうまいはなしはない。ただな、みてみろ、ひとりとして去るものはおらぬ。やつらにしてみりゃ、やっと掴んだ出世の手蔓《てづる》だからな」

「どいつもこいつも、がっついた面をしてやがる」

運良く本採用となっても、組下の軽輩どもには厳しい足枷《あしかせ》が嵌められる。

「吉見、足枷とは何だ」

「坊主に五戒というのがあるだろう。殺さず、盗まず、虚言を吐かず、邪淫《じゃいん》と酒毒を避けよというやつだ」

「組下の者は坊主のように、五戒を遵守せねばならぬのか」

「ふふ、殺しは除いてだがな」

吉見はしかし、こうした縛りが嫌いではないという。

「わしも武辺者の端くれよ。ところで、そぼろ、五稜組というのはどこからきた名称だとおもう」

「さあ」

「かつて、このあたり一帯は堅牢な石壁で囲まれておった」

「切支丹屋敷があったからさ。それがどうした」

「石壁を天空から鳥瞰《ちょうかん》するとな、精緻《せいち》な五稜をかたちづくっていたというのさ」

「ふうん」

五稜の角と角をまっすぐ線で結べば、陰陽道《おんみょうどう》の呪符でもある巨大な五芒星《ごぼうせい》が地表にあらわれる。それは幕府が企図して築かせた耶蘇《やそ》教《きょう》封じの大仕掛けらしかった。

「毘沙門天を祀る五稜堂に、その名残が受けつがれた。いわば、ここは霊域よ」

そして、新たな抜刀隊にも「五稜」の名が冠されたのだと、吉見は説く。

「おぬし、よくぞ調べあげたな」

「なあに、その程度のことなら寝ておってもわかる。わからぬのは片倉銑十郎の素姓よ。出自は旗本らしいが、居合の達人ということ以外は謎でな」

「居合か」

「信抜流《しんぬきりゅう》だ」

「ほほう」

同流の開祖は奥山左衛門大夫忠信《おくやまさえもんだゆうただのぶ》、肥後熊本にてタイ捨流《しゃりゅう》を築いた丸目蔵人佐《まるめくらんどのすけ》の高弟である。奥山はタイ捨流の妙旨を悟り、これに工夫を加えて居合の流派を創始した。

「剣に体なし、体をもって剣となす。体に体なし、神をもって体となす。神の剣、百邪を払うものなり。これが妙旨さ」

信抜流居合は、備後三原藩に伝承した。同藩にあって、剣は信抜流、槍は佐分利流とされ、両派の達人が指南役となって隆盛をきわめている。

吉見は備後に縁者があった。得意とするところは佐分利流の槍だが、当然、信抜流居合の恐ろしさも知っている。

「どの程度の技倆かはわからぬ。されど、物腰から推せば、かなりの遣い手に相違なかろう」

「ふむ、わしもそうおもった。いずれにせよ、本丸目付の子飼いさ」

「鳥居耀蔵の隠密か」

「そんなところだ」

「そぼろよ、おぬし、なぜ受けた」

「さあて。正直、ようわからぬ」

「坂木どののことが絡んでおるのか。周囲との折りあいもわるくなり、それで北町奉行所を抜けだしたくなったのか」

「そうかもしれぬ」

「わしはな、奉行所のなまぬるいやり方に嫌気がさした。火盗改の連中には、どれだけ煮え湯を呑まされてきたことか。やつらを出しぬくことが、わしにとっては唯一の生き甲斐なのさ。それに、はたらき次第では与力も夢ではないらしいぞ」

「何だ、おぬし、出世が狙いか」

「武士ならば、当然であろう。今の世の中、腕っぷしひとつでのしあがることなど、まかりまちがっても望めぬものとあきらめておった。そこへ、一条の光が射しこんだのさ」

　吉見は糸のような目をさらに細め、須弥壇の本尊を仰いだ。

主水之介は、落ちつかない気分になった。

下々を睥睨《へいげい》する毘沙門天といい、陰陽道の五芒星といい、信抜流における百邪を払う神の剣といい、あらゆる神仏の加護が企図して配されている。すべては人斬りを納得させるための言い訳のような気がしてならない。

三

堂内に百目蠟燭が灯《とも》りはじめた。

喧噪は静まり、片倉の痩身が蠟燭の炎に浮かびあがった。

「おっ」

主水之介と吉見は、驚きの声を漏らす。

片倉の扮装《いでたち》が、いかにも物々しいのだ。

打裂羽織《ぶっさきばおり》に野袴《のばかま》、籠手《こて》に臑当《すねあ》て、塗りの陣笠までかぶっている。

しかも、同様の扮装をした五人の影をしたがえていた。

「闇与力の連中だ」

と、吉見が囁いた。

陣笠をかぶっているので、五人の表情は読めない。

それだけに、不気味な感じだった。

闇与力たちは左右に分かれ、これもまた怪しげな小者連中を指図し、鎖帷子《くさりかたびら》に鎖鉢巻き、籠手に臑当てといった捕り物装束を配りはじめた。

唯一、長尺の捕り物十手だけは配布されない。

伽藍に胡座《あぐら》をかく野良犬どもは呆気《あっけ》にとられつつも、緊張した面持ちで片倉の第一声を待った。

「おのおのがた、五稜組の根城へよくぞ集うてくれた」

片倉は毘沙門天を背にしつつ、戦場錆《せんじょうさび》の利いた大音声を発した。

「今宵、われらは三手に分かれ、悪党退治に参じる。敵は浪人者あり、破落戸《ごろつき》あり、博徒あり、いずれも兇悪《きょうあく》な悪党どもだ。断わっておくが、これは戦さじゃ。敵とみさだめたら誰であれ、突きころす覚悟で懸かっていただく」

ずいぶんと、はなしがちがう。

外道といえども無闇に斬りはせぬと、片倉は言ったはずだ。

それが、たとえ神官僧侶、旗本御家人であろうとも、何ら遠慮することはない。怪しいとみれば捕まえ、抵抗するものは刃に懸けよと、片倉は吼《ほ》えた。

町奉行所の捕り方ならば、寺社奉行や目付へ伺いを立て、了承を得たうえで立ちあわせねばならない。ところが、面倒な手順など踏まず、捕らえた者は片っ端から役宅へ連れてこいというのだ。

「町人ならば枷《かせ》を嵌《は》め、溜まりへ放りこんでくれよう。神官僧侶ならば寺社奉行に、藩士ならば各藩に、旗本御家人ならば目付に、府外の百姓ならば勘定奉行に、あとになって引渡せばよいだけのことじゃ」

引渡すまでに過酷な拷問がおこなわれ、悪党どもは罪を洗いざらい白状させられる。白状するまえに拷問死してしまう者もあろう。だが、そんなことには構ってなどいられない。

第一義の目途は悪党の数を減らすことにあると、片倉は豪語する。

「五稜組の実力を満天下に報しめす、今宵は晴れの門出でもある。おのおのがた、手心をくわえてはならぬ。刃向かうものは躊躇《ちゅうちょ》なく、斬りすてられたし。されば鬨《かちどき》を騰《あ》げ、毘沙門天に武運を祈念すべし」

突如、最前列の野良犬が怒声を張りあげた。これに負けじと全員が呼応し、伽藍に鬨《とき》の声が沸騰《ふっとう》する。

「えいえい、おう、えいえい、おう」

かたわらをみやれば、吉見までが顔面を紅潮させ、拳を突きあげていた。

野良犬どもは鎖鉢巻きを締め、着物の股立《ももだち》をとり、ひとり、またひとりと、外へ飛びだしてゆく。

主水之介も恍惚《こうこつ》となり、そうした連中に紛れこんだ。

片倉の煽動《せんどう》に乗せられてしまったのか、興奮を抑えきれない。

歯車がまわりはじめたのだ。もはや、後戻りはできなかった。

目にみえぬ強靭《きょうじん》な力に背中を押され、白刃をたばさんだ野良犬どもは江戸の闇に放たれた。

四

亥《い》ノ刻、上弦の月は煌々《こうこう》とかがやき、野良犬どもの足もとを照らしている。

主水之介は吉見と分かれ、第二班に配された。闇与力二名、同心格の野良犬十八名、差口奉公《さしぐちほうこう》の小者が二名、計二十二名という陣容である。

三手に分かれた各班はほぼ同人数で組まれ、別々のところへおもむく。

主水之介らの第二班は中山道《なかせんどう》を突っきり、加賀藩上屋敷の脇道を抜け、不忍池《しのばずのいけ》の方角へ向かった。

差口奉公の御用聞きは貧相な風体の男たちで、名は熊吉《くまきち》と甚六《じんろく》という。人相の悪さから推すと、咎人《とがにん》だった連中にちがいない。牢屋敷内で悪党仲間を売り、片倉銑十郎の密偵《いぬ》として飼いならされたのだ。

片倉自身は第一班を率いた。

第二班を統べるのは、薄田監物《すすきだけんもつ》という副長格である。

主水之介と同等の大男で、馬面に八の字髭を生やしていた。古武士のごとき剛毅さをおもわせる風貌は、組下の者に無言の圧力を与えている。

もうひとりの闇与力は、長谷部《はせべ》騏一郎《きいちろう》といった。

こちらは撫で肩で色白、女形にしてもよいほどの優男だが、朱を差したかのごとき唇もとに残忍な笑みを湛えている。三十代なかばの薄田監物より、十も若そうな印象だった。

組下の装束に統一された感じはない。月代を剃っている者も数えるほどで、一見すると群盗のようだった。突棒《つくぼう》、刺股《さすまた》、袖搦《そでがら》みといった捕り方の三つ道具も携えておらず、闇与力だけは指揮十手を持っているものの、主水之介たちはみずからの差料を使わねばならない。

陣容も装いも異例ずくめだった。このたびの出物が捕り物であると同時に、野良犬どもの「ふるいおとし」も兼ねているからだろう。

行き先も告げられず、不忍池の畔《ほとり》から上野山を迂回《うかい》し、谷中へ向かった。

寛永寺三十六坊とも称されるとおり、寺ばかりが目につく。

鬱蒼《うっそう》とした杜《もり》が蔭《かげ》をつくり、隊列を闇に溶けこませていた。

出歩く人影もなく、耳に聞こえてくるのは山狗《やまいぬ》の遠吠《とおぼ》えくらいのものだ。

まぎれもなく、寺社奉行の支配地であった。町奉行所の捕り方は無論のこと、火盗改も踏みこんではならぬところなのだ。

「与力どの。そろそろ、お役目の中味を教えてくださらぬか」

痺れを切らした野良犬が一匹、泣きそうな声をあげた。

隊列が止まり、先頭を歩く陣笠が振りかえる。

「よし、教えてつかわそう」

重厚な声音を放ったのは、月影を横顔に浴びた薄田だった。

「これより、感応寺の裏門へむかう」

「ほう」

隊列から、不安げな溜息が漏れた。

感応寺といえば、目黒不動や湯島天神とともに、江戸三富《さんとみ》として知られる寺だ。

元禄のころ、幕命で日蓮宗から天台宗へ改宗させられ、檀家《だんか》離れが生じた。困りはてた住職は門前に茶屋町の開設を申請し、寺社奉行の許可を得た。富札興行と相《あい》俟《ま》って、茶屋町は大いに繁盛したという。

「与力どの。たしか、裏門のあたりには、いろは茶屋がありましたな」

「おう、それだ。おぬし、ひょっとして馴染みか」

「……い、いえ」

野良犬は、闇のなかに縮こまった。

警動《けいどう》と称する手入れへ向かうものと察したのだ。

茶屋町のなかでも、いろは茶屋の一画だけは淫靡《いんび》な臭気を放っている。

主水之介もよく知る隠売女だった。

茶屋の数は十数軒、いずれも見世先に「いろは」と染めぬいた暖簾を掛け、酌取《しやくとり》女《おんな》と称する縹緻《きりよう》の良い遊女を抱えている。川柳にも「客はにんべんのあるとなし」と詠《うた》われるとおり、遊客は侍と寺、ことに坊主が多い。坊主の女犯《にょぼん》、悪所通いは法《はっ》度《と》なので、わざわざ町医者の装束に着替えさせてくれるところまである。

寺社奉行の縄張り内なだけに、岡場所を忌避する吉原会所も取締を催促しない。それゆえ、寺社地の遊興場は警動を免れて永続することが多く、いろは茶屋もその例外ではなかった。

「こたびの出物は警動にあらず、悪所潰しである」

と、薄田は言いきる。

「われらの狙いは府内の悪所を根絶やしにすること、今宵はその手はじめじゃ。逆らう者は何人たりとも容赦するな。斬りすてよ。たとえ、女や年寄りでもな」

「……よ、よろしいのですか」

「何が」

「縄張りの外ではござらぬのか」

野良犬の脅《おび》えた顔を、薄田は鋭い眼光で睨みつける。

「寺社地であろうと何だろうと、悪党がおれば成敗する。刃向かうものは斬る。それが五稜組よ、わかったか」

「……は、はい」

「みなも鉢巻きを締めておけ。腕の立つ用心棒がおるらしいからな。ふっ、ははは」

豪快に嗤いあげる薄田の隣で、痩身の長谷部は青白い顔を浮かびたたせている。長谷部が意味ありげにうなずくと、差口奉公の熊吉と甚六が闇に消えていった。

すでに、段取りは済ませてあるのだろう。

「うまいことをおもいついたな」

主水之介は、唸《うな》らざるを得ない。

寺社地の隠売女をひとつでも潰せば、五稜組の名は一気に高まる。江戸じゅうの遊興場に恐怖を植えつけられるばかりか、火盗改からも一目置かれるようになろう。

五稜組の名を聞けば、悪党どもは震えあがるようになる。

「たしか、伝蔵《でんぞう》だったな」

いろは茶屋を仕切る元締めは、蝦蟇《がま》のような太っちょだった。

ことばを交わしたこともないが、狡猾な男だとは聞いている。五十人からの遊女を抱え、富札興行を裏で操っているとの噂もあった。羽振りのわるいはずはない。

薄田の言うとおり、凄腕の用心棒を雇う金もあるだろうし、乾分《こぶん》も大勢揃えているにちがいなかった。

感応寺の裏門から、息を殺して横丁の暗がりへ向かう。

いろは茶屋の入口には、冠木門が立ちはだかっていた。

門を越えれば、隘路《あいろ》を挟んで黒板塀がずらりと居並んでいる。塀の内では、百人からの男女が淫蕩《いんとう》に耽《ふけ》っていることだろう。使用人や待合いの遊客もふくめれば、数は三倍にも膨らむ。袋小路の狭い一角に、三百人もの人がぎっしり詰まっているのだ。

が、夜も更けると、呼びこみの女も酔客も消え、隘路は閑散としたものになる。

「ん、門がひらいたぞ」

どうやら、番太も密偵仲間らしい。

冠木門が音もなく開き、提灯を翳した熊吉が内から手招きしてみせた。

主水之介たちは、提灯を持たされていない。

本来の捕り物ならば御用提灯に火をつけ、周辺一帯を光の渦で取りまき、悪党どもを威嚇《いかく》する。そうした手法を取らないのは、捕縛ではなく、暗殺を念頭においているからにほかならない。

隘路の奥まったところには、女郎と客を監視する小屋があった。街道筋の問屋場《といやば》と同じで、早駕籠の継立《つぎたて》などもおこない、気の荒い若い衆が屯《たむろ》している。小屋を通りぬけた裏手は高い土塀で塞がっているのだが、片隅に小さな潜り戸が穿たれ、外へ抜けられる逃走口になっていた。

元締めの伝蔵は、監視小屋に立ちよっているのだろうか。

薄田も長谷部も、さきほどから黙ったままだ。余計なことは、いっさい口にしない。

あらかじめ申しあわせたとおり、組下の連中は斬りこみ隊六名と後詰め十二名の二手に分かれた。

斬りこみ隊は長谷部が受けもち、監視小屋へむかう。

一方、後詰めは冠木門を固め、薄田が総指揮を執る。

後詰めから数人が割かれ、裏手の逃走口へも配された。

主水之介は、斬りこみ隊のしんがりをまかされた。

「闇に白刃が光ったら、躊躇なく斬撃せよ」

と、命じられている。

斬りこみ隊は隘路を一町ばかり進み、監視小屋を正面においた。

息苦しいほどの緊張に包まれるなか、長谷部だけは口端に笑みを浮かべ、悠然と小屋の入口へ歩みよる。

先鋒《せんぽう》に選ばれた三名が、おぼつかない足取りでしたがった。

戸口には、提灯を手にした甚六が控えている。

阿吽《あうん》の呼吸で甚六が板戸を敲くと、内から音もなく戸が開いた。

小屋の内にも、小者を忍びこませてあったのだ。

微かな灯りが漏れ、手引きした者の影が飛びだしてくる。

長谷部は入れ替わりに戸を潜りぬけ、先鋒の三名がつづいた。

「さあ、旦那方」

甚六の合図で、外に残った三名も表口へ向かう。

主水之介は身を屈め、一番最後に潜り戸を抜けた。

五

——ぎゃああ。

絶叫が響いた。

血飛沫《ちしぶき》の舞うなかに、男の首が飛ぶ。

広い土間のうえを、町人髷の首が転がっていく。

伝蔵の乾分であろうか。

抗う気のない男を斬殺したのは、長谷部だった。

指揮十手に触れることもなく、水も漏らさぬ勢いで刀を抜いたのだ。

凄まじい太刀筋に恐懼《きょうく》し、先鋒の三名は鯉口《こいぐち》を切るのも忘れている。

「何だ、てめえら」

奥から飛びだしてきた若い衆がまた、問答無用で首を刎《は》ねられた。

「ひぇっ」

先鋒のひとりが返り血を浴び、顔面を真っ赤に染めた。

ふたつめの首無し胴が倒れ、燭台《しょくだい》の炎が板間に飛びちる。

甚六は提灯を翳し、上がり框から廊下のさきを照らした。

「みせしめじゃ」

と、長谷部が吼える。

「さあ進め。悪党どもを叩き斬ってこい」

「……う、うおお」

先鋒の三名は尻を叩かれ、一斉に抜刀した。

獣めいた咆哮《ほうこう》とともに廊下を駆け、部屋の障子を蹴破ってゆく。

「うわっ、畜生、捕り方か」

闇のなかで、いくつもの人影が蠢《うごめ》いた。

鰻《うなぎ》の寝床のように部屋数は多い。

廊下の左右から、乾分どもが飛びだしてくる。

段平《だんびら》や九寸五分《くすんごぶ》が閃《ひらめ》き、烈《はげ》しい鍔迫《つばぜ》りあいになった。

急襲されたほうは、闇雲《やみくも》に抗うしかない。咽喉を引きつらせ、窒息しそうな顔で白刃を振りまわし、血反吐《ちへど》を吐いて斃《たお》れていく。

怒声と罵声が交錯し、狭い部屋に阿鼻叫喚《あびきようかん》が膨れあがった。

「さあ、おまえらも存分にはたらいてこい」

「うおおお」

けしかけられたふたりが雄叫《おたけ》びをあげ、脱兎《だっと》のごとく駆けだす。

が、主水之介は動かない。

臆したのではなく、長谷部の理不尽な遣《や》り口が気に食わなかった。

「何をしておる。おぬしも早く行け」

命じられても主水之介は動かず、長谷部と睨みあいになった。

そこへ、血達磨《ちだるま》の野良犬が一匹、這うように戻ってくる。

「……は、長谷部どの」

「何だ、どうした」

「……よ、用心棒に、ふたり斬られ申した」

「さようか」

「相手は強うござる。われわれでは歯が立ちませぬ」

「ごたごた抜かすな。戻って戦え」

「嫌じゃ。犬死にしとうない」

「ならば、ここで死ぬか」

長谷部に鋭利な切っ先を向けられ、野良犬は震えあがった。

「待て」

と、主水之介が制止する。

「わしがまいる」

裾を端折《はしょ》り、ゆっくり板間へあがった。

「ちっ」

と、長谷部が舌打ちをかます。

血で滑る廊下を慎重に進むと、またひとつ、仲間の絶叫がほとばしった。

「三人目か」

用心棒に対峙する仲間は、あとひとりしか残っていない。

伝蔵の乾分たちも死んだか、大怪我を負ったか、いずれかのようだ。
破れ障子の向こうは血の海となり、部屋にも廊下にも死体がころがっている。
月影は射しこんでいるものの、敵味方の判別はつかない。
鼻を摘みたくなる異臭が漂うなか、怪我人の呻きが聞こえてくる。
主水之介は、ふた間つづきの六畳間へ踏みこんだ。
「ぎゃ……っ」
四人目が袈裟懸けに斬られた。
鮮血を散らし、畳のうえに臓物をぶちまけている。
脚絆《きゃはん》を巻いた脛に、小腸《ひゃくひろ》が絡みついた。
足を振り、臓物を踏まぬように気をつけながら、間合いを詰める。
仕切りの襖《ふすま》は外され、用心棒は奥の部屋に蹲《うずくま》っていた。
片膝をつき、三白眼でこちらを睨みつけてくる。
頬の痩《こ》けた四十男だ。
肺でも病んでいるのか、顔が異様にあおぐろい。
「こんどは月代頭《さかやきあたま》か、死にたけりゃ懸かってくるがいい」

塩辛声でうそぶく男は、小太刀の柄《つか》を握っている。

「富田《とだ》流か」

構えでわかった。

相当な手練《てだ》れとみてよい。

主水之介は、静かに腰の刀を抜いた。

本身の刃長は二尺四寸、身幅は広くて反りは浅い。

黒い地肌に浮かぶ刃文は乱重ね、名工そぼろ助広の手になる業物《わざもの》だ。

「ほほう、少しはできるようだな」

用心棒の目つきが変わった。

安易に踏みこめば、必殺の小太刀が牙《きば》を剝く。

頭上の鴨居《かもい》が邪魔なので、上段からの打ちこみは難しい。

中段からの払いか、下段からの突きか、攻め手は狭められる。

そこが、相手の狙いでもあった。

こうした狭い空間では、小太刀のほうが遥かに有利なのだ。

「伝蔵はどこだ」

主水之介は愛刀を青眼に構え、静かに問いただした。

「こたえろ、ここにはおらぬのか」

「おったさ」

「どこへ隠した」

「さあな。伝蔵を捕らえてどうする」

「悪事を吐かせる。洗いざらいな」

「うぬらは五稜組だな」

「ん、なぜわかった」

用心棒はこたえず、にっと皓《しろ》い歯をみせた。

「本丸目付の走狗どもめ。火盗改でも、こうした理不尽な斬殺はやらぬわ。うぬらのせいで、益々、江戸は住みにくくなる」

「縛《ばく》につけ」

「ごめんだな、土壇に座らされるのは」

「言うだけ無駄か」

「残念だったな」

相手が喋りきるまえに、主水之介は動いた。
つっと摺《す》り足で進み、撃尺の間合いを越える。
「とあっ」
越えた途端、脛《すね》斬《ぎ》りが襲いかかってきた。
跳躍しながら躱《かわ》し、無造作に刃を一閃《いっせん》させる。
ほぼ真横から、首を狙った片手斬りであった。
「ぬおっ」
用心棒は、上体を仰《の》けぞらせた。
太刀風に吹かれ、鬢が乱れる。
躱したと、用心棒はおもったにちがいない。
だが、主水之介の繰りだした助広の切っ先は用心棒の首根に食いこんだ。
痛みを感じる暇もなかったろう。
頸椎《けいつい》を瞬時に断たれ、唖然《あぜん》とした顔が畳に転がった。
首を失った用心棒は片膝立ちのまま、身構えている。
収縮する切断面から、夥《おびただ》しい鮮血が噴きあがっていた。

すべての血を出し尽くし、首無し胴は仰向けにひっくり返った。

「お見事」

長谷部が音もなくあらわれ、背中に声を掛けてくる。

「北辰一刀流の手練《てだ》れ、猪山主水之介か。評判に違《たが》わぬ腕前だな」

褒められたところで、嬉しくもない。

何もかも、お見通しってことか。

主水之介は振りむき、長谷部の顔を睨みつけた。

斬りこんだ六人のうち、四人は死んだ。

臆病風に吹かれたひとりは追放されるだろう。

主水之介ひとりだけが残った。

やはり、算盤《そろばん》ずくの「ふるいおとし」なのだ。

毒をもって毒を制す。野良犬同士を咬《か》ませて数を減らす陰険なやり方だ。

耳を澄ませば、いろは茶屋の一帯は女たちの悲鳴に包まれている。

「はじまったな」

長谷部は、薄気味悪い顔で笑った。

薄田の号令一下、一斉取締がはじまったのだ。

年寄りも女も、逃げようとすれば即座に斬られる。

目途は数を減らすことだ。運良く刃を逃がれた女たちは、束にまとめて吉原の河岸へ送りこまれる。掃きだめで男を漁《あさ》る夜鷹に身を落とす者もあるだろう。

侍や町人の遊客は、抵抗しないかぎりは解きはなたれる。だが、坊主はことごとく縄を打たれ、小石川の溜まりへ放りこまれる。女犯の罪は重い。詮議ののち高札場にさらされ、僧籍を剝奪されたあげく、軽ければ江戸所払い、重ければ八丈島へ島流しになる運命《さだめ》が待っている。

元締めの伝蔵も逃げきれまい。

江戸の一隅から、忽然《こつぜん》と隠売女のひとつが消えるのだ。

いったい、こうしたやり方の、どこが正義なのだろうか。

ふと、誰かの眼差しを感じ、主水之介は畳に目を落とした。

生首の用心棒が双眸《みは》を瞠り、じっと睨みつけている。

「ふん、気色《きしょく》のわるいやつだ」

長谷部が唾を吐き、ぽんと首を蹴りあげた。

六

五稜組の面々は、小石川の役宅で祝杯をあげた。

元南町同心、吉見彦三郎のすがたはみえず、斬られたのではないかと心配した。が、どうやら、一番の勲功をあげたらしかった。

主水之介は、大部屋で死んだように眠った。

翌朝はみなで朝餉《あさげ》を食べ、たいした指示も受けぬまま過ごすこととなった。

靄《もや》がかった庭を散策していると、五稜堂の裏から苦しげな男の悲鳴が聞こえてきた。

主水之介は声のするほうへ向かった。

五稜堂の裏には穀物を保管する土蔵があり、入口は鉄網に閉ざされている。

拷問蔵であった。

仄《ほの》暗いなかに蠟燭の光が揺れ、人影はいくつか蠢いているものの、なかを覗くことはできない。

ぴしっ、ぴしっと笞《むち》の音が響き、またもや、男の悲鳴が聞こえてきた。

「あれは伝蔵だ」

背後から声を掛けられ、驚いて振りむいた。

吉見が懐手で立っている。

「まるで、鮟鱇《あんこう》の吊し切りだとさ、ふふ」

糸のような目をほそめ、吉見は薄く笑う。

予想に反し、元締めの伝蔵は捕縛され、拷問蔵へ放りこまれたのだ。

「そぼろよ、いろいろとはなしたいことがある」

「ふむ」

ふたりは大部屋へ戻ると隅に座り、ぼそぼそ喋りはじめた。

昨夜、吉見の属した第三班は日本橋の堺町へ向かった。通りを挟んで元吉原と隣接する界隈には、中村座や市村座といった芝居小屋が並んでいる。同じ悪所でも岡場所ではなく、吉見たちは芝居町へおもむいたのだ。

「狙いは、人穴《ひとあな》という異名をもつ人形小屋だ。陰間《かげま》の巣窟さ」

「ほう」

第三班を率いる闇与力は宍戸《ししど》軍兵衛《ぐんべえ》、野呂《のろ》源太夫《げんだゆう》といい、いずれも並々ならぬ遣い手だった。やはり、こちらにも差口奉公の小者が随行し、吉見たちは闇与力に命じられるがまま、人形小屋へ殺到した。

「腕の立つ用心棒が待ちかまえておった。しかも、ふたりだ。ひとりはわしが槍で心ノ臓を刺しぬき、もうひとりは宍戸どのが雁金《かりがね》に斬りすてた。ところが、こっちは八人殺られた」

「八人もか」

「陰間の客は侍だ。腕っぷしの強そうなのが三人ほどおってな、そいつらとも干戈《かんか》を交えねばならなかった。怪我人もふくめれば、半分は減った」

槍の名手は淡々と語り、人を突きころした槍の穂先を磨きはじめる。

「そぼろ、おぬしも斬ったらしいな」

「相手は小太刀を遣う手練れだ」

「臭うぞ。申しあわせたように、腕の立つ用心棒がおったわけだ」

「毒をもって毒を制す」

「おう、それだ。明日になればまた、新しい野良犬どもが連れてこられるというしな。府内にはびこる塵芥《じんかい》はきれいに掃除され、咬まされた野良犬どもも減っていく。一石二鳥というやつだ。されどな、ここで辞めるわけにはいかぬ。気は重いが、少々のことは我慢せねばなるまい」

吉見は目を細め、穂先を磨きつづける。

刃に巻いた血脂をみつけ、主水之介は嫌な気分になった。

「吉見よ、昨夜はどこへ消えておった」

「様子窺いさ、第一班のな」

「片倉さまが直々に率いたのであろう」

「ああ、音羽《おとわ》に出向いたそうだ」

音羽は護国寺門前の大路に沿って一丁目から九丁目まであり、五丁目から九丁目までが府内でも有数の盛り場だった。岡場所もある。辻裏にへばりついた「ねずみ長屋」だの「腕ずく長屋」だのといったところだ。規模が大きすぎて手の出せるところではない。

「狙いは音羽ではなく、雑司《ぞうし》ヶ谷《がや》さ」

「ふうん」

雑司ヶ谷の感応寺裏と聞いて、主水之介は驚かされた。

谷中の感応寺と同名だが、雑司ヶ谷のほうは新しい。大御所家斉の愛妾、お美代の方に縁がある。お美代の方の実父日啓が幕府に建立させた寺にほかならず、三万坪の大伽藍を誇る豪壮な仏閣は江戸府民のあいだでも権勢の象徴とみなされていた。

「おぬしらの向かった谷中の事情と似ておるぞ。裏門の一画に岡場所があってな、ほへと茶屋というのさ」

「ほへとか。聞かぬ名だ」

「わしもはじめて聞いた。南北町奉行所の十手持ちも知らぬ秘密の花園さ。が、驚くのはまだ早い。ほへと茶屋の遊女たちは、魚でいやあ鯛だ。庶民の口には滅多にはいらぬ代物よ。遊女のなかには、宿下がりの武家娘もおるとか」

「宿下がりだと」

「ああ、むかし奥女中だった娘たちさ」

橘町の仕舞屋を訪ねたとき、あやめが口走った台詞をおもいだした。

坂木玄之丞と神田川に浮かんだ女のことだ。

おまきという鼻の欠けた女はたしか、大奥に奉公していた女官だった。

「どうした、そぼろ。何かおもいあたる節でもあるのか」

「いや」

説くのも面倒臭く、主水之介はお茶を濁した。

「なぜ、ほへと茶屋が町奉行所に知られなかったのか。そぼろ、その理由がわかるか。ここからは想像だがな、たぶん、日啓が関わっておる」

何者かに敷地を提供し、隠売女をつくらせる。大奥の元奥女中と遊べるとなれば、金持ちが蝿《はえ》のように群がってくる。日啓は表に出ず、どこぞの悪党に仕切らせ、寺銭を徴収するのだ。

「坊主丸儲《まるもう》けの筋書きよ。日啓は生臭坊主ゆえな、おのれでもおなごの味見をしておるのであろう。そうなれば、女犯の罪に問われような」

「まさか、日啓にかぎって罪には問われまい」

そもそも、日啓は中山法華経を奉じる智泉院《ちせんいん》の住職だった。檀家で幕臣の中野清茂を通じ、大奥老女の伊佐野《いさの》から帰依を受け、大奥への布教をはじめた。そして、娘を将軍家の側室にするという大それた野望を抱き、強運にも恵まれて野望を遂げた。

お美代の方は中野の養女となり、大奥入りを果たして中臈に出世し、家斉の寵愛を受けて三人の女子をもうけた。二女は亡くなったが、一女の溶姫《ようひめ》は加賀前田家へ嫁ぎ、三女の末姫《すえひめ》は安芸《あき》浅野家へ嫁いでいる。

娘が将軍の寵姫《ちょうき》となれば、当然のごとく一族は栄える。智泉院は将軍家祈禱所《きとうしょ》へ格上げとなり、日啓は広大な屋敷を拝領したばかりか、感応寺の建立を許された。養父の中野清茂も御小納戸頭取《おこなんどとうどり》に出世し、隠居してからも大御所家斉の御伽衆《おとぎしゅう》としてお城勤めをつづけている。

ともあれ、日啓は家斉側近衆の中枢にあった。

それだけの権力者が売春の斡旋をしていると、吉見は指摘するのである。

「権威を維持するには金がいる。幕閣の主立った面々を黙らせるには莫大《ばくだい》な金が必要であろう」

日啓は金蔓を欲した。御用商人のひとりやふたりでは足りない。数多《あまた》の金持ちに美しい女をあてがい、仏さまへの功徳と称して大金を出させる。相手は弱味を握られているだけに、恐れ多くも、と訴えでることができない。

「巧妙な仕掛けさ。ほへと茶屋は打ち出の小槌《こづち》よ。されどな、快楽《けらく》の毒水に浸かった連中はいずれ、痛い目をみることになろう」

「信じられぬ。元奥女中ともあろう方々が、かような悪所に身を堕とすのか」

「そこよ。女たちを意のままにできるからくりがあるのさ」

「からくりとは」

「それがわかれば苦労はせん。噂によれば、大奥の一部では乱交痴態《ちたい》が繰りひろげられておるという。隠密裡《おんみつり》に外から寺小姓が送りこまれ、奥女中たちと組んず解《ほぐ》れつ、想像しただけでもよこしまな絵図が浮かぶ。おおかた、日啓が裏で糸を引き、そうした仕掛けもおこなっているのであろう。火のないところに煙は立たぬというしな」

突飛な想像だが、片倉銑十郎が動いたとなれば無視できない。

「幕閣にも側近派の中心人物はいる」

と、吉見は訳知り顔でつづける。

「若年寄の林肥後守さま、火盗改の親分さ。肥後守と日啓は昵懇の仲だ。ほへと茶屋がこれまでに探索されなかった理由は、これでわかったろう」

しかし、老中首座となった水野忠邦は、禁断の領域へ刃を向ける断を下した。

鳥居耀蔵をして五稜組を創設させ、虎視眈々《こしたんたん》と機会を窺わせていたのである。

鳥居の命により、片倉の第一班は本丸を攻めた。攻めるというよりも、揺さぶりを掛ける程度のものだったらしい。

悪所の主立った連中を捕縛して、日啓の罪状を吐かせる。

そうした狙いゆえに剣戟《けんげき》はおこなわれず、第一班によって護送された捕縛者はもっとも多かった。

だが、今のところ、これといった成果はあがっていない。

「吉見よ。おぬしのいうことが事実なら、おれたちは騙《だま》されていることになるぞ」

忠誠と正義を旗幟に掲げておきながら、実体は政争の道具でしかない。

組下で戦った者たちの死は、犬死にだったことになる。

「されどよ、日啓は正真正銘の悪党かもしれぬ。偉そうな顔をした坊主は、どうにも信用ならねえ」

吉見のはなしは終わらない。

「捕り方を三手に分けたろう。じつはな、これにも理由があった。雑司ヶ谷を本丸とするなら、谷中と堺町は出城のようなものさ」

「どういうことだ」

「おぬしたちの第二班は、いろは茶屋を潰しに向かった。雑司ヶ谷のほうは、ほへと茶屋だ。いろはほへと、抜けた一字は」

「に、か」

「弐抜けの場所という洒落《しゃれ》さ。わしらの向かった人形小屋は人穴と称した。人穴といやあ風が抜ける場所だろう。風は、ふうとも読む。ひい、ふう、みいのうち、ふうが抜けた場所ってことさ。わかったろう、ふうってのは弐のことで、こっちも弐抜けだ。駄洒落なのさ。三箇所は繫がっていたのよ」

「なるほど」

「三箇所の結び目に伝蔵がいた。やつは鍵を握る人物とみた。そうでなければ、拷問蔵へは放りこまぬ」

「吉見、よくぞ、そこまで合点できたのう」

「闇与力の野呂がお喋りな野郎でな、うまく聞きだしたのさ」

吉見は、ふっと口を噤《つぐ》んだ。

闇与力のひとりが大部屋へ顔を出したからだ。

笹山忠一《ささやまちゆういち》という五番目の男だった。

長谷部と似た優男で、片倉の小姓役のような立場らしい。

「猪山主水之介と吉見彦三郎、両人に用事がある。片倉さまがお呼びじゃ」

偉そうな態度だ。

ふたりは腰をあげ、笹山の背につづいた。

長い廊下をわたり、母屋《おもや》へ向かう。

片倉はくつろいだ様子で、茶を点《た》てていた。

笹山が居なくなると、ふたりは六畳間へ招かれた。

薦《すす》められるがままに膝を躙りよせ、抹茶を馳走《ちそう》になる。

床柱に掛かった竹筒には寒椿が一輪挿《さ》してあり、殺風景な部屋のなかで紅《あか》い花弁だけが際立ってみえた。

「ふたりのはたらき、しかと聞いた」

片倉は、おもむろに口を開いた。

「さすが、見込んだだけのことはある。そこでと申しては何だが、ちと頼みたいことがあってな。本日ただいまより、与力補佐をつとめてくれぬか」

一瞬ののち、吉見が潰れ蛙《がえる》のように平伏した。

「へへえ」

主水之介もつられて、頭を垂れた。

「与力補佐ともなれば、組下同心よりは一段も二段も格上、いずれは与力となる道もひらかれよう。励んでくれ。なれば、さっそく」

片倉が柏手《かしわで》を打つと、笹山が音もなくあらわれた。

「ふたりを拷問蔵へ案内せよ」

「はは」

なにやら、おかしなことになってきた。

誇らしげな吉見の横顔を眺めつつ、主水之介は庭へ降りた。

七

糞尿《ふんにょう》の臭いが鼻をついた。

冷え冷えとした土間のまんなかには大きな水桶が置かれ、高い天井に装着された滑車を通して太縄が垂れさがっている。

伝蔵は裸に剝かれていた。

裸のまま後ろ手に縛られ、天井から太縄で吊されている。

薄田監物と長谷部騏一郎によって、釣責めにされたのだ。

「へへ、こいつ、伸びちまったようだぜ」

喜々として発するのは、差口奉公の熊吉である。

相棒の甚六も控えていた。

ふたりは馴れた仕種で甲斐甲斐しくはたらき、縄目の調整や糞尿の始末などをやりつつ、責め苦にもくわわっている。

どうやら、人を虐《いじ》めることが根っから好きな連中らしい。

主水之介と吉見は空樽《あきだる》に座り、ぶらさがった鮟鱇を眺めた。

ぽてっとした生白い肌は縛られて鬱血し、蚯蚓《みみず》腫れや青痣をつくっている。

水を滴らせたざんばら髪が顔を覆っているので、表情まではわからない。

どっちにしろ、伝蔵はもはや醜い肉のかたまりにすぎなかった。

悲鳴も呻きもなく、生きているのかどうかさえ判然としない。

蔵のなかは冷え冷えとしていた。
暖は丸火鉢ひとつきりで、座りつづけていると、指の先端までかじかんでくる。
この寒さのなかで裸に剝かれ、冷水に浸けられれば、おそらく四半刻と保《も》つまい。
しかし、伝蔵は責め苦に耐えつづけている。
分厚い脂肪のおかげかもしれぬが、確実に限界は近づいていた。
「みかけによらず、強情な野郎でな」
薄田はみずから片肌脱ぎになり、笞を振るっていた。
吽形像のごとき身に汗を搔き、五体から湯気を立ちのぼらせている。
かたわらでは長谷部が口端を吊りあげ、伝蔵の萎《しお》れたいちもつを眺めていた。
北向きに穿たれた小窓から、寒風が舞いこんでくる。
伝蔵が、びくんと動いた。
「ぬおっ」
吼えあげ、顔を持ちあげる。
主水之介は目を背けたくなった。
したたかに撲られたのであろう。醜悪な蝦蟇面は倍にも膨らみ、腫れあがった瞼《まぶた》などは庇《ひさし》のように垂れさがっている。団子鼻は潰れ、分厚い紫唇は皹《ひび》割れ、どう眺めても化け物の顔だった。

「気がついたな」

薄田は戯《おど》けたように発し、横腹に笞をくれた。

ぴっと皮膚が裂け、鮮血が散る。

伝蔵は悲鳴をあげた。

まだ、痛みは感じるらしい。

「さて、交替しよう。猪山、おぬし、やってみるか」

主水之介は躊躇した。

わかっている。これは踏み絵なのだ。

笞を握れば仲間として迎えられ、握らねばいずれ放逐される。

瀬戸際に立たされ、頰が強張《こわば》った。

「臆してどうする。おぬしは北町奉行所の同心であろう。釣責めなんぞ、お手のものであろうが」

たしかに、南茅場町の大番屋で、清吉を釣責めにした。

だが、伝蔵への責め苦にくらべれば、かわいいものだ。

「さあ、やれ」

それでも返事をせずにいると、吉見が立ちあがった。

「薄田さま。それがしにやらせてくだされ」

「おう、南町の龍か」

吉見は笞を受けとるや、伝蔵を打ちはじめた。

手加減はない。つぼも心得ている。

「さすがよの」

薄田は吉見を褒め、こちらをぐっと睨みつけてくる。

「証拠《あかし》はあがっておる。こやつの口から、黒幕の名を吐かせねばならぬのよ」

「いったい、何の証拠でござりますか」

主水之介に問われ、薄田は冷笑を浮かべた。

「粉だ」

「粉」

「人を狂わす白い粉のことさ。臓物に染みこみ、骨を溶かす。一度味わってしまえば逃がれられなくなる粉の縛《いまし》めよ。伝蔵はそいつを利用し、女たちを牛耳っていた。それもな、ただの女たちではない」

大奥から調達された武家娘のことであろうか。

吉見の指摘した「からくり」とは、白い粉のことなのか。

「困ったことに、粉は市井にも出まわりはじめておる。極楽浄土と呼ばれてな」

すんでのところで、声を漏らしそうになった。

昨年の暮れ、坂木玄之丞とともに女の土左衛門を検屍した晩、主水之介は筋違橋近くの船宿に泊まった。おみつという女郎に水煙草を喫わされ、意識が飛んだ。脳味噌がとろけ、雲上を泳いでいるかのごとき心地になった。やがて、幻覚があらわれ、五色の洪水となって暴れだした。頭のなかで滅多打ちの半鐘が鳴りつづけ、いっそのこと死んでしまいたい気分になったのだ。

――ふふ、この煙は唐土わたりの御品でね、極楽浄土っていうのさ。

船宿の女郎は、そう言ったのだ。

「猪山、いかがした」

「いえ、別に」

八の字髭の武張った顔が鼻先に迫った。

「ふん、おかしな野郎だ」

薄田は鼻を鳴らし、また喋りはじめた。

「おぬしらは知らぬであろうがな、海をわたった清国《しん》では今、とんでもないことが勃《お》こっておる」

清国と英国が戦っていた。

罌粟《けし》の乳液からつくる阿片《あへん》の密貿易をめぐって、大国同士が戦いをはじめたのだ。

清国の覇権を強奪すべく、英国が牙を剝いた。軍船十六隻《せき》をふくむ四十数隻から なる艦隊を差しむけ、廈門《アモイ》、寧波《ニンポー》、上海《シャンハイ》、鎮江《チエンチアン》といった要港へ砲筒を向けたという。

「片倉さまにお聞きしたのだ」

薄田のことばに驚かされた。

おそらく、片倉は水野や鳥居に聞いたのだろう。水野忠邦をはじめとする幕閣の重臣たちは、長崎のオランダ商館長からの報告で戦いの趨勢《すうせい》をある程度は把握しており、英国が有利であることも知っているようだった。

極楽浄土とは、阿片のことなのだ。

薄田の関心はしかし、戦いの勝敗にはない。

戦いの隙間を縫って大陸から密かにもたらされる阿片の行方にあった。

阿片を積んだ唐船は、命懸けで日本へ渡航してくる。なぜなら、高値で粉を買う者たちがいるからだ。肉体と精神を蝕《むしば》む麻薬とわかっていながら、裏市場に流して莫大な利益を得ている悪党がいるからにほかならない。

そうした悪党のひとりが、伝蔵なのである。

伝蔵の背後には、まちがいなく巨悪が控えている。

悪党どもを芋蔓の要領で捕縛するために、釣責めをやらねばならぬ。

根は深いと、主水之介はおもった。

今や、阿片は大奥にまで浸透し、幕府の屋台骨を内から腐らせようとしているのかもしれない。

黒幕というのは、日啓のことを指すのだろうか。

それとも、別にいるのか。

どちらでもよい。

沸々と、怒りが湧いてくる。

主水之介は吉見に替わり、笞を握った。

膂力《りょりょく》にまかせて笞を振るうと、伝蔵は凄まじい勢いで脱糞した。

すかさず、熊吉と甚六が太縄を釣瓶《つるべ》のように操り、冷水のなかへ伝蔵を浸す。

桶の水が黄色く濁り、どっと溢れだしてきた。

引きあげられた伝蔵は、すでに、気絶している。

「熊吉。女を連れてこい」

と、長谷部が命じた。

「へい」

熊吉は嬉しそうに返事をし、そそくさと消えていく。

しばらくすると、縄を打たれた若い女が裸足《はだし》のまま引きずられてきた。

「こいつはおりん、伝蔵の情婦だ」

富士額に切れ長の眸子、鼻筋の通った別嬪《べっぴん》だ。

まだ若い。二十歳の手前かもしれぬ。

おりんは紅い腰巻きひとつで後ろ手に縛られ、凍てつく土のうえに座らされた。

白すぎる首を垂れ、長い睫毛《まつげ》をしきりに瞬《しばたた》いている。

ほっそりしているのに、豊かな乳房を垂らしていた。

寒さと恐怖で、肌が粟立《あわだ》っている。

「おりん、顔をあげろ」

「ふえっ」

顔をあげた途端、おりんは腰を抜かしかけた。

変わりはてた伝蔵のすがたを目に留めたのだ。

紅い腰巻きが、じわっと濡れる。

「けけ、小便を漏らしやがったぜ」

熊吉が笑った。

おりんは、苦しげに咽喉をぜいぜいさせる。

「熊吉、縄を解け。息を整えさせろ」

「へい」

さきほどから、長谷部ばかりが指示を出していた。

薄田は無関心を装い、丸火鉢に両手を翳している。

「うぐっ」

伝蔵が覚醒した。

腫れた瞼のしたで、蒼白い眼光が閃く。

「うわっ、おりん」

「あんたあ……っ」

おりんの絶叫は、慟哭に変わっていった。

「ちくしょう」

伝蔵は余力を振りしぼり、必死にもがく。

「鮟鱇が跳ねたぞ」

薄田は嘲笑《ちようしよう》しながら、腰をすっとあげた。

「伝蔵、おもしろい見世物だ。ようくみておけ。長谷部、やらせろ」

「はい」

長谷部の指示で、熊吉がおりんの右腕を後ろに捻った。

「ひっ」

おりんは苦悶《くもん》の表情で呻き、乳房を土間に擦りつける。

熊吉が手際よく、おりんの下帯を解いた。

ふっくらした尻が露出される。

「おい、何《わめ》さらす」

伝蔵が喚き、太縄を揺らした。

揺らせば揺らすほど、縄目は肉に食いこむ。

四つん這いのおりんは、甚六に尻を叩かれた。

——ぱしゃっ。

小気味《こきみよ》好い音が響き、尻に手形が浮きあがる。

「おら、もっと突きあげろ。もっとだよ」

おりんは両脚を開き、震える尻を突きあげた。

甚六は二本の指を嘗め、亀裂に捻じこんでいく。

「……い、いやあ」

おりんが叫んだ。

「待ってな。太えやつをぶちこんでやっからよ」

甚六は白い尻を両手で抱え、ずんと突きあげた。

「ひっ」

「おうら、悶《もだ》えやがれ」

「ひぃ……っ」

甚六が腰を烈しく動かすと、おりんは悲鳴をあげ、壊れた人形のように踊りだす。

天井から吊られた伝蔵は、わなわなと顎を震わせた。

「……た、頼む、やめさせてくれ」

掠れ声を発するや、甚六の動きが止まった。

薄田が伝蔵の鼻先へ、ずいっと顔を寄せる。

「喋る気になったのか、あん」

「喋る。だからあいつを……は、放してやってくれ」

おりんは魂の抜けたような顔で、土間に転がった。

「よし、吐け。おめえに粉をまわしたな、どこのどいつだ」

「……い、飯倉片町の……ま、曼陀羅屋長兵衛」

刹那、薄田監物はものも言わず、伝蔵の胸に拳を埋めこんだ。

うっと呻いたきり、鮟鱇はぴくりとも動かなくなる。

と同時に、長谷部がおりんの首を抱えて捻った。

ぽきっと、呆気ない音が拷問蔵に響く。

「もう、こいつらに用はねえ」

薄田は低くつぶやいた。

主水之介はことばを失っている。

――曼陀羅屋長兵衛。

悪党の名が、頭のなかで点滅しはじめた。

八

捕り方の動きを察知したのか、曼陀羅屋長兵衛のすがたは江戸から消えた。

五稜組の手で伝蔵が捕縛されたのを知るや、飯倉片町の口入屋をたたみ、用心棒の頑鉄ともども雲隠れしてしまったのだ。

主水之介の脳裏には、あやめの顔が浮かんでいた。

唯一、長兵衛に繋《つな》がる手懸かりのようにおもわれた。

薄田監物を筆頭とする闇与力たちは、長兵衛の行方を追っている。

遅かれ早かれ、情婦のことはあきらかにされよう。

万が一にも捕縛されたら一巻の終わり、拷問蔵へ放りこまれ、おりんのように酷い仕打ちをされかねない。

あやめを助けねばという衝動に駆られ、深更、主水之介は橋町の仕舞屋へ向かった。

垣根を乗りこえ、敷地内へ忍びこむ。

母屋は閑散としていた。

「やはり、逃げたか」

人の気配は、まったく感じられない。

中庭にまわると、雨戸の端がわずかに開いていた。

目を落とせば、地面に足跡が残っている。

「先客か」

主水之介は慎重に身構え、愛刀の鯉口を切った。

突如、背後に人の気配が立った。

「誰だ」

暗闇から、のっぺりした顔が近づいてくる。

「そぼろよ、わしだ」

吉見だ。右手に槍を提げている。

「おぬしの動きが怪しいのでな」

尾行してきたらしい。油断のならない男だ。

「案ずるな。誰にも喋ってはおらぬ。で、ここはあれか、曼陀羅屋の情婦の隠れ家か。ふふ、図星のようだな。情婦の名は」

「あやめ」

「おぬしの何だ」

「何でもない」

「嘘を吐くな。ひとつの褥《しとね》で寝たのか」

「余計な詮索はやめろ」

くくと、吉見は笑う。

「まさか、助ける気か」

「だったら、どうする」

「さあて、どうするかな」

吉見は戯《おど》けたように言い、左手で顎を掻く。

右手に握った槍の穂先は、鈍く光っていた。

「女をみてから決めようか」

「何だと、この」

「剥《む》きになるな、冗談さ。そぼろ主水之介の惚れた女に手を出せば、こっちの命がいくつあっても足りやしねえ。はは、行こう」

吉見はあらかじめ用意していた龕灯《がんとう》に火を点《つ》け、先に立って無造作に雨戸を引きあけた。

「むっ」

暗がりに足を踏みこむや、吉見は低く唸った。

「どうした」

「来てみろ、血の臭いがする」

家屋は異臭に充《み》ちていた。

「あやめ」

心ノ臓が早鐘を打つ。

主水之介は吉見から龕灯を引ったくり、足早に廊下を進んだ。

行きあたったところは、抹香臭い仏間だ。

慎重に障子をひらき、龕灯で照らしだす。

畳に点々とする血痕をたどると、誰かが白壁に背をもたせかけていた。

死んでいる。肥えた男だ。

下帯一枚で双眸を瞠《つぶ》り、青白い裸体を硬直させている。

鋭い刃物のような得物で、咽喉笛をぱっくり裂かれたらしい。

「こいつは伊丹屋だな」

と、主水之介が吐いた。

「ほう、堅物でとおっている善兵衛さんかい」

「あやめにぞっこんだった」

「おおかた、曼陀羅屋の差しがねだろうさ。女が正直者の鴨をたらしこみ、大金を貢がせておったのだ。善兵衛にしてみりゃ、惚れたが百年目。あやめってな怖え女だな」

たとえ、そうであったとしても、善兵衛が殺された理由は判然としない。

主水之介は屍骸に龕灯を近づけた。

「おい、吉見。みろ」

「ん」

「指だ」

「ほほう、折られておるな」

ずんぐりとした指が十本とも、甲のほうへ折れまがっている。

「どうおもう」

主水之介が水を向けると、吉見はうなずいた。

「責められたな」

「誰に」

「さあ」

吉見は屈みこみ、指で血を掬《すく》った。

「まだ固まっておらぬぞ」

と、そのとき。

人影が廊下を駆けぬけた。

「ぬおっ」

気合いを発するや、吉見が部屋を飛びだす。

つぎの瞬間、どっと廊下に倒れこんだ。

「吉見、どうした」

返事はない。

廊下に槍が転がっている。

三日月のかたちをした刃物が、吉見の首根に刺さっていた。

ぱっくり開いた裂け目から、鮮血が霧のように噴きだしている。

佐分利流槍術の達人は一手も交えず、ことされてしまったのだ。

「くそっ」

主水之介は抜刀した。

身を沈め、二尺四寸の助広を斜《しゃ》に構える。

何者かが正面に蹲っていた。

「あいや……っ」

疳高《かんだか》い掛け声とともに、三日月の刃が光った。

ぎゅるんと唸りあげ、床すれすれの高さから迫《せ》りあがり、渦巻き状に旋回しながら襲いかかってくる。

「ふん」

主水之介は助広を払い、凶器を弾いた。

乱重ねの刃を閃かせ、脱兎のごとく廊下を駆けぬける。

一足一刀の間合いを飛びこえ、掌中に的をとらえた。

刹那、蹲った影は二間近くも跳躍し、ふわっと天井に張りついた。

「なに」

主水之介は足を止め、首を捻りあげる。

まるで、蜘蛛のようだ。

唐風の着物を纏った小男が、不敵な笑みを湛えている。

「おまえ、役人だな」

小男は流暢《りゅうちょう》に日本のことばを喋った。

「女の居所を知っているのか。教えてくれたら、命は助けてやる」

「なんだと」

「こたえろ、知っているのか」

「待て、おぬしは何者だ」

「劉舜《りゅうしゅん》、清《しん》の刺客」

吉見を葬った三日月の凶器は、唐人の遣う暗器であった。

「曼陀羅屋に雇われたのか」

「さあ」

「なぜ、女を捜す」

「割符《わりふ》を持って、曼陀羅屋のもとから逃げたからさ」

「割符だと」

「あれ、知らぬのか。余計なことを喋ったようじゃ」

劉舜は廊下に舞いおり、背中から二本の珍妙な武器を抜きだした。

柄の長い鎌に似ている。

「これはな、双草鎌《そうそうれん》と申すのだ」

劉舜は双草鎌を両手で交互に旋回させ、やけに紅い唇もとから「殺《シャー》、殺《シャー》」と、不気味な音を発している。
蛇のようだと、主水之介はおもった。
異国の刺客に珍妙な武器、そして、深い闇。
狭苦しい廊下の右手は雨戸で閉ざされ、左手は障子で仕切られている。
不利な条件ばかりだ。
が、戦うしかない。
吉見のように、屍骸《むくろ》を晒《さら》したくはない。
「でやっ」
主水之介は、敢然と討ってでた。
頭上に鴨居などの邪魔物はない。
的の頭蓋を狙い、大上段から斬りさげる。
——がきっ。
双草鎌が眼下で十字に交差し、凄まじい火花を散らした。
主水之介の一撃を受け、劉舜は膂力に負けて両肘を折る。
刹那、助広は左耳を削ぎおとした。

「ひゃっ」

小さな悲鳴が漏れる。

すかさず、主水之介は袈裟懸けを狙う。

ところが、二撃目は見事に躱された。

「はっ」

劉舜は耳から血を流しながら、後方へとんぼを切る。

そして、雨戸を突き破り、庭へ遁走《とんそう》していった。

「逃がしたか」

いや、紙一重のところで命を拾ったのだ。

傷を負ったわけでもないのに、頭がくらくらする。

頼りになる吉見彦三郎は、呆気なくも逝ってしまった。

先に廊下へ飛びだしていたら、自分が殺られていただろう。

「まずいな」

片倉銑十郎は、今夜の失態をどうみるだろうか。

五稜組から放逐されるかもしれない。

だからといって、黙っていることはできぬ。
吉見の屍骸を、このまま腐らせてしまうわけにはいかなかった。
主水之介は一部始終を報告することに決め、血塗《ちぬ》れた仕舞屋をあとにした。
「それにしても、割符とは何なのだ」
何故、あやめは曼陀羅屋長兵衛のもとから逃げたのだろうか。
さまざまな問いかけが、頭のなかで堂々めぐりしはじめていた。

第三章　邪淫極楽《じゃいんごくらく》

一

弥生《やよい》となり、季節はすっかり春めいてきた。

曼陀羅屋長兵衛とあやめの行方はわからない。春霞《はるがすみ》のように消えてしまった。

刺客の劉舜とは、あれきり出逢うこともなかった。正直、顔さえ忘れた。

同僚の坂木玄之丞と鼻の欠けたおまきという女が神田川に浮かんだことなど、遠いむかしの出来事のように感じられてならない。

事態が混迷の度を増すなか、片倉銑十郎には借りをつくってしまった。

許しも得ずに勝手に動いた罪は不問にされ、与力補佐の地位も剝奪されずに済んだものの、拷問蔵での過酷な仕置きにはかならず立ちあうことを義務づけられた。

第二、第三の伝蔵が連日のように捕縛され、薄田監物や長谷部騏一郎らの面前で釣責めにされた。その際、主水之介は率先して笞を握るように命じられたのだ。

五稜組のやり口は、いっそう血腥《ちなまぐさ》いものになっていった。

江戸に点在する隠売女は叩きつぶされ、罪の軽重にかかわらず、数多の者が斬りすてられた。

組下の野良犬どもは死ねばすぐに補充され、修羅場へ追いやられていく。寝食が得られるだけでも満足な連中ばかりなので、不平不満を口にする者とていない。直参に抱えるという約束が空手形であることを知りつつも、誰もが命じられるがままにしたがった。

江戸の治安を守る大義名分は、どこへやらと吹きとんだ。

あらゆる罪人への追及は、感応寺住職の日啓との繋がりを得るためのものだった。

女犯、売春の斡旋、阿片の密売、そうした罪状に結びつくひとつでも多くの口書を拾いあつめる。

それは幕閣のまんなかに陣取る水野忠邦から鳥居耀蔵を介し、片倉にもたらされた密命でもあった。万が一、大御所家斉が逝去したときには、日啓を筆頭とする家斉側近派を一斉に糾弾するべく、なかば捏造《ねつぞう》にちかい悪事の証拠固めが着々となされていったのである。

「腐りきった奸物《かんぶつ》どもを一掃し、真の御政道を取りもどすのだ」

片倉の発することばは、耳に心地好い。

それこそ、忠臣の掲げるべき大義であろう。

しかし、どれだけ「大義」の二文字を言い聞かせたところで、人の肉を笞打ち、骨の軋《きし》みを聞くたびに、主水之介の胸は痛んだ。釣責めにされた連中から恐懼の目でみつめられると、やりきれない気持ちにさせられた。

「何が大義なものか」

片倉の傀儡《くぐつ》となり、汚れ仕事をやらされているだけではないか。

だが、ここで辞めるわけにはいかなかった。一連の不審事を解明するためには、石に齧りついてでも五稜組に踏みとどまらねばならない。

烈しい相剋《そうこく》を抱えながらも、主水之介は笞を振りつづけるしかないのだ。

彼岸桜も終わりに近づくと、枝垂れ、八重などの桜が咲きはじめる。

金持ちも貧乏人も、揃って花見に繰りだした。

娘たちは着飾り、親子連れは弁当を持参し、侍は中間に角樽《つのだる》を担がせ、滑稽な踊りで笑わせる茶番の連中なども見受けられた。江戸じゅうが浮かれ気分となり、並木桜の名所では老若男女を問わず、春の一日を呑んで歌って騒いで過ごす。

午ノ刻の喧噪を横目にしつつ、主水之介は上野山へやってきた。

東叡山吉祥閣の山門を潜ると、右手に京洛の清水寺を模した観音堂がみえた。

空は晴れ、汗ばむほどの陽気である。

平常《ふだん》は立入を禁じられた山内《さんない》も、花見の時季だけは明け六つから暮れ六つまで庶民に開放される。

ただし、飛鳥山や墨堤とは異なり、酒を呑んではいけない。

陽気に騒ぎたい連中には物足りないが、酔客を嫌う老人や女子供にとってはまことにありがたい名所だった。

「ふん、花も見頃か」

野呂源太夫は鼻を穿《ほじ》り、つまらなそうに吐きすてた。

臼のようなからだつきの野呂は、闇与力五人のなかでは一番の剛力だが、片倉のあつかいは軽い。酒乱の気があり、宴席での失態が多いからだ。

わるい男ではないと、主水之介はおもっている。

少なくとも、ほかの四人よりはましだ。

何よりも、吉見彦三郎の死を悼《いた》んでくれた。野呂も佐分利流槍術を遣う。ゆえに、吉見とは意気投合していた。ともに痛飲して以来、主水之介も親しくなった。吉見と槍を交える機会を逸したことが何よりも口惜しいと、臼男はしみじみと吐きすてた。

もちろん、油断はできない。こちらが隙をみせた途端、問答無用で斬りかかってくる危うさはある。

いずれにしろ、人を斬ることに微塵《みじん》の躊躇もみせぬ残忍さは備えていた。

それが、野呂源太夫という男だ。

「生臭坊主め、はしゃいでおるわ」

主水之介は片倉に命じられ、野呂とともに奥女中の一団を見張っていた。

華やいだ一団の中心には、焙烙頭巾《ほうろくずきん》をかぶった僧のすがたがみえる。

布の錣《しころ》で顔の大半を覆っていた。

誰あろう、日啓であった。

「まるで、醍醐の花見にやってきた太閤秀吉のようじゃな」

日啓のそばには厳《いか》つい供人が控え、警戒の目を光らせていた。

「さあて、どの女にするかな」

野呂は四角い顎をさすり、華やいだ奥女中たちを遠目に物色しはじめた。

これも片倉の命によるのだが、卑劣なことを画策している。

花見の帰路で、女中のひとりを拐かそうというのだ。

「猪山、おぬしにみわけがつくか。まともなおなごと、そうでないおなごの」

「難しいですな」

まともでないおなごとは、阿片を手放せなくなった者のことだ。

「相対してみれば、目つきでわかるものさ。三白眼で睨みつけてくるかとおもえば、彼岸にさまよう亡者のごとく、眼差しを宙に泳がせてみせるのよ」

野呂の口調から推すと、勾引は今日がはじめてではなさそうだ。

「まことのことを申せば、みわける必要などないのさ」

「どういうことです」

「拐かすおなごは、女狐《めぎつね》が教えてくれる」

間諜《かんちょう》の女をひとり、奥女中のなかに紛れこませてあるらしい。

「ほら、あやつだ」

顎をしゃくられても、女中たちはみな角隠しのような頭巾をかぶり、揃いの着物を纏っていた。そのうえ、壁のように化粧をほどこしているので、みわけはつかない。

「女狐の名は何と」

「言えぬわ。ただし、一度も失敗《しくじ》ったことはない」

「一度も」

五稜組の創設以前、やはり、大奥勤めの奥女中を何度か拐かしたことがあったという。野呂は過去を詳しく語ろうとしないが、想像するに、水野忠邦の命による隠密働きだったにちがいない。

「阿片に蝕まれた者をみたことがあるか。悲惨なものだぞ。ことに、阿片が切れたときの苦しみようはな。おのれの意志で断つこともできぬし、つづければ、やがては廃人になる。あれなら、死んだほうがましだ」

まさに生き地獄さと、野呂は笑う。

拐かした女中たちから肝心なことは聞きだせなかったらしい。

誰ひとりとして、日啓の名を口走る者はいなかった。

となれば、このたびも徒労に終わる公算は大きい。

「拐かしたおなごは、どうなるのです」

「責めたあとは溜めに入れられ、数日経っても生きておれば、吉原の羅生門河岸に捨てられる」

吉原の羅生門河岸は、零落した女郎の吹きだまりである。

絢爛《けんらん》豪華な楼廓《ろうかく》の居並ぶ仲見世大路の喧噪とはうらはらに、饐《す》えた臭いのたちこめる暗がりに朽ちかけた長屋が並んでいた。安価な玉代で身を売る女たちは、多くが瘡に罹っており、当たれば死ぬ「鉄砲女郎」などと呼ばれている。なかには、鼻の欠けた女もいた。そうした生き地獄へ、大奥の女中たちは捨てられるのだ。

「運が悪けりゃ、拷問蔵で嬲《なぶ》り殺しにされる。殺るのは長谷部騏一郎よ。同僚ながら、あやつの酷薄さには身震いがする。ここだけのはなし、長谷部は女に興味がない。驚くなかれ、薄田どのと通じておってな。男色と申せば、笹山忠一も怪しい。

片倉さまをみる目が尋常ではないからの。ぐふふ、おぬしも気をつけるがよい」

闇与力たちの嗜好《しこう》なんぞに興味はない。

主水之介は、はなしを変えた。

「拐かすのは、どういうおなごなのですか」

「教えてやろうか」

野呂は勿体《もったい》ぶったように口を噤み、薄く笑いながらこぼす。

「鼻の欠けた女だ」

「えっ」

「けけ、驚いたか。瘡で鼻が欠けた女を拐かすのさ」

主水之介は、おまきの死に顔をおもいだした。

あやめによれば、おまきも奥女中だったという。

何者かに瘡を伝染《うつ》されたあげく、宿下がりになったのだ。

瘡を伝染されると、内股に痼《しこ》りができる。髪がごっそり抜け、仕舞いには鼻の軟骨が抜けおちる。ただし、鼻さえ無くなれば、世間では病が完治したものとみなされた。ゆえに、遊女たちは糝粉細工の鼻を付け、平気でまた男漁りを繰りかえす。

「阿片をやると、のべつまくなしに同衾《どうきん》したくなるそうだ。それゆえ、まわりは瘡持ちばかりになる。あれをみろ。優雅に花見などしておるがな、ほとんどは瘡気のある女かもしれぬぞ」

おまきは曼陀羅屋の抱え女郎として、金持ちの客をとらされていたのだろうか。糝粉細工の鼻は精巧につくられていた。目もとの痣を差しひいても、容色の美しい女だ。そのうえ、元大奥勤めの若い娘と聞けば、たいていの男なら飛びつく。

坂木玄之丞とは、まことはどのような間柄だったのか。

主水之介は、八重桜のしたで舞う奥女中たちを眺めた。

女たちの表情は物悲しくもあり、おまきの哀れなすがたと重なる。

曼陀羅屋長兵衛は、口入稼業を生業《なりわい》にしていた。商売柄、顔は広い。商家の娘を大奥へ斡旋することもやっていたので、大奥との繋がりはあった。しかも、何らかの方法で阿片を仕入れ、伝蔵などの悪党に売っていたこともわかっている。

坂木は悪事の一端を摑んでいたのかもしれないと、主水之介はおもった。

それも、ただの悪事ではない。巨悪である。裏で大金が動いている。唐土渡りの阿片や大奥の奥女中たちが関わっている。しかも、権威をほしいままにする日啓にも疑惑の目が向けられていた。まかりまちがえば、幕府の足もとを揺るがす一大事にもなりかねないのだ。

ただ、肝心の日啓と曼陀羅屋長兵衛との結びつきについては、いまだ、これといった証拠はあがっていない。捕縛された者のなかで、日啓の名を吐いた者はひとりもいなかった。

もしかしたら、片倉たちの手で築かれつつある罪は、でっちあげではないのか。

そんな疑念も浮かんでくる。

わからぬ。

いったい、誰が本物の悪党なのか。

ばらばらの断片を繋ぐ糸は、みえてこない。

主水之介は重苦しい気分で、野呂に尋ねた。

「何故、鼻の欠けたおなごを狙うのですか」

「生臭坊主をみろ。布の綴で顔を覆っておるだろう」

「はあ」

「化け物の顔を隠すためさ」

「化け物の顔」

「女狐はみたのよ。錣を捲れば、髑髏《どくろ》顔があらわれる。ふへへ、日啓のやつも鼻がねえのさ」

絶句する主水之介を尻目に、野呂は嘲笑してみせる。

「好色坊主はな、これとおもった女たちを味見していやがった。大奥に瘡をひろめた張本人は日啓なのよ」

鼻の欠けた女を拐かすのは、女犯の確乎《かっこ》たる証拠を摑むためなのだ。

「坊主の女犯は遠島だ。日啓は死ぬまで八丈島暮らしさ。されどな、島流し程度ではわしらの気持ちがおさまらぬ」

かならず獄門台へ送ってやると、野呂は力みかえった。

だが、そう簡単なはなしではない。曼陀羅屋との関わりや阿片の販路を探りだし、悪事の全貌を炙《あぶ》りださないことには、大御所家斉の後ろ盾がある日啓を獄門台送りにはできまい。

そして、さまざまな謎が一本の糸で繋がったとき、坂木とおまき殺しの下手人も浮上してくるのではなかろうか。

そう、主水之介はおもった。

「猪山、拐かしたおなごの鼻をもぎとってやろうぜ」

「えっ」

「念のためだよ、けへへ」

野呂は顎を迫りだし、せせら笑う。

八重桜のしたでは、女狐が舞いはじめている。

それが合図なのか、手にした真紅の布切れを風に靡《なび》かせていた。

二

鼻の欠けた奥女中は拷問蔵で責め苦を受け、呆気なくも死んでしまった。

ただし、日啓との淫行をみとめさせ、口書も入手できたので、片倉はそれなりに満足できたようだ。

主水之介は拷問に立ちあったのち、密かに役宅を抜けだした。

ひさしぶりに深川櫓下の『若松』を訪ね、おしまを抱きたいとおもったのだ。

「袖にされるかもしれぬ」

熱しやすく、冷めやすいのが辰巳芸者だ。

啖呵《たんか》を切られるか、相手にされぬか、どちらかのような気もする。

未練がないと言えば嘘になるが、おしまでなくてもよいのかもしれない。

心の隙間を埋めてくれる女なら、誰でもよかった。

ひどい男だと、つくづくおもう。

坂木は「おなごを抱くのは飯を食うのと同じだ」と言った。

自分も、そんなふうにしか女を抱けないのだろうか。

だとすれば、あまりに情けなくはないか。

ふと、あやめの顔が浮かんでくる。

「逢いたい……」

抑えがたい気持ちを振りはらうかのように、主水之介は薄闇のなかをずんずん進んでいった。

尾行を警戒し、昌平橋のたもとからは猪牙を仕立てる。

艫《とも》に座ると、身を切るような寒風に晒された。

「冷えるのう」

初老の船頭はひとりごち、かじかむ手で棹を操る。

大川を突っきり、仙台堀を遡上し、相生橋のところで堀川へ折れた。

永代寺門前町の船着場で降りると、一の鳥居は目と鼻のさきだ。

深川一帯は、濃い霧に覆われていた。

亥ノ刻を過ぎると、人影は消えてなくなる。

夜鷹の白い腕がにゅっと伸び、驚かされることもあった。

櫓下には大路に沿って茶屋の居並ぶ表櫓と、裏河岸に朽ちかけた女郎宿のへばりつく裏櫓がある。

馴染みの『若松』は、表裏の境目に位置していた。

懐かしいはずの二階屋は霧に沈み、立ちどまって見上げると、どことなくよそよそしい感じもする。

「やっぱり、やめておくか」

どうせ、おしまは茶屋にいない。

わざわざ、置屋から呼びだすのも気が引ける。

うなだれて踵を返しかけたとき、横合いから声が掛かった。

「もし、猪山さま」

闇に消えいるような低声である。

霧のなかに、御高祖頭巾《おこそずきん》の女が佇んでいた。

女は黒地小袖の褄を取り、滑るように近づいてくる。

「……お、おぬしは」

「あやめでござります」

雪のように白い顔で、にっこり微笑んでみせる。

窶《やつ》れた気もするが、艶《つや》めいた容姿は変わらない。

「以前、この場所を教えていただきました。おぼえておいでですか」

「おぼえておるとも。もしや、わしを訪ねてくれたのか」

「昨日も一昨日も、大鳥居のそばで待っておりました。やっと、めぐりあえたのでござります。これも弁天さまのお導きでござりましょう」

「弁天さまの」

「はい」

あやめは目を瞑《つぶ》り、東の方角に手を合わせた。

嬉しいような、胸苦しいような、どっちつかずの感情が湧いてくる。

おぬしに逢いたかったと言いかけ、ことばを呑みこんだ。

言いたいことも聞きたいことも山ほどあるのに、ことばがうまく出てこない。

「追われております」

しなだれかかるような口調で、あやめは漏らす。

そうであろう。頼る者とてなく、切羽詰まったすえに、声を掛けてくれた橋廻り同心のことをおもいだしたのだ。

事情などはどうでもよい。

頼ってくれたことを、神仏に感謝しなければなるまい。

「ところを移そう」

五稜組の面々に『若松』は知られていた。

人の出入りも頻繁なので、匿《かくま》うのは難しいと判断したのだ。

「猪牙でまいるぞ」

主水之介はあやめの細い腕をとり、船着場へ向かった。

寝惚けている船頭を叩きおこし、仙台堀から大川へ漕ぎだしていく。

猪牙を寄せたさきは、神田川の注ぎ口にあたる柳橋のたもとだった。

川風に吹かれながら、両国横山町の裏通りをめざす。

あやめは、ぎゅっと手を握りしめてきた。

掌は氷のように冷たく、足取りは重い。

無理もなかろう。逃げだした橋町は近い。

血塗れた仕舞屋から、できるだけ遠ざかりたいにきまっている。

「すまぬな。おもいあたるさきが、ほかにないのだ」

主水之介は、町の一画にたたずむ銭湯のまえで足を止めた。

勝手口へまわり、控えめに板戸を敲く。

しばらくすると心張棒が外され、戸口の隙間から御用提灯がぬっと差しだされた。

「こんな夜更けに、いってえ誰でえ」

三角眸子で声を荒げたのは、岡っ引きの与七であった。

河童の異名をもつ与七は、女房のおかめに湯屋を営ませているのだ。

「あっ、そぼろの旦那じゃねえか。いってえ、どうしなすったんです」

与七は問いかけつつ、御高祖頭巾のあやめを嘗めるように眺めた。

あまりの美しさに、生唾を呑みこんでいる。

「匿ってほしいのだ。ほかに信頼できる者がおらぬ」

「そいつあ構わねえが、まあ、おはいんなさい」

「すまぬな」

湯屋だけに、家屋は広い。間数もおおく、屋根裏部屋まである。

あやめは、御高祖頭巾を脱いだ。

乱れた島田髷は、鼈甲《べっこう》の櫛笄《くしこうがい》で飾られている。

黒地小袖の裾模様は源氏香と草花に彩られ、文庫崩しに結ばれた帯は豪華な牡丹《ぼたん》唐草であった。

奥に向かって、与七が呼びかける。

「おい、おかめ。そぼろの旦那がみえたぞ」

肥えた女が手燭をもち、眠そうな顔であらわれた。

おかめは、いつも番台で牛のように眠っている。

「おいでなされまし」

あっさり挨拶を済ませると、酒膳の仕度でもするためか、奥へ引っこんだ。

「事情はあとでお聞きしまさあ。こっちも旦那にはなしてえことがあるので」

「ふむ、そうか」

与七は意味ありげに笑い、あやめを上目遣いにみた。

「寒いでやしょう。残り湯があるんでさあ。よろしかったらおひとつ、おふたりで浸かってやっておくんなさい」

主水之介が躊躇《ためら》っていると、あやめが返事をした。

「おことばに甘えさせていただきます」

与七に導かれ、ふたりで湯殿へ向かう。

「糠袋《ぬかぶくろ》と手拭いを置いときやす。桶はこいつを使ってくだせえ。女房のやつに着替えを用意させておきやしょう。それじゃ、ごゆっくり」

与七は気を利かせ、音を起てぬように去った。

三

主水之介が所在なさそうにしていると、あやめは帯を解きはじめた。鹿子《かのこ》絞《しぼ》りの中着がするっと抜けおち、襦袢《じゅばん》の下から眩《まばゆ》いばかりの裸体があらわれる。

あやめは両腕で胸を隠し、膝を折って手拭いを拾いあげた。

「さあ、旦那も」

裸になれと言う。

「……お、おう」

うろたえた。下心を悟られたくはない。

「さきにまいりますよ」

「そうしてくれ」

主水之介は着物を脱ぎ、手桶を拾いあげた。

いきりたった如意棒を手桶で隠し、外股《がにまた》で洗い場へ進む。

「さあ、旦那。そこに座って」

待ちかまえていたあやめに、手桶をもぎとられた。

「まあ」

と言ったきり、あやめはことばを失う。

如意棒をまじまじと眺められ、主水之介は耳朶《みみたぶ》まで赤く染めた。

何を恥ずかしがっているのか、自分でもよくわからない。

初《うぶ》な男と女ではないはずなのに、躊躇ってしまうのが不思議だった。

「垢を擦りましょう」

あやめは背中にまわり、糠袋でごしごしやりはじめた。

「いかがです」

「ふむ」

手慣れたものだ。

豊かな乳房が背中に触れてくる。

「まえも、よろしいですか」

あやめは脇腹から手をまわし、下腹を擦りはじめた。

ぼろぼろと、垢がおもしろいように落ちてくる。

「……も、もうよい。湯槽《ゆぶね》にはいろうではないか」

「はい」

そそくさと、石榴口《ざくろぐち》へ向かった。

屈んで潜りぬけると、内は薄暗い。

湯煙のなかで、掛け行燈《あんどん》の灯《あか》りが頼りなげに瞬いている。

格子窓の外には、雨が降りはじめたようだ。

「雨ですね」

「ん、そうだな」

湯槽に足を浸けると、湯はまだ充分に温かい。

急いで滑りこむと、あやめもゆったり浸かってきた。

薄暗いので、おたがいの顔もはっきりとはみえない。

「そちらに行ってもよろしいですか」

「ん、ああ。構わぬが……」

筆下ろしも済んでおらぬ小僧のように戸惑った。

あやめは乳房が触れるほど近づき、耳に吐息を吹きかけてくる。

「主水之介さま」

名を呼ばれ、たじろいだ。

湯煙を胸腔《むね》に吸いこみ、咳《せ》きこんでしまう。

「恐いのです、抱いて」

波紋が押しよせた。

主水之介はものも言わず、あやめを抱きよせる。

顔を寄せて貪るように口を吸い、舌と舌を絡みあわせた。

「ふわああ」

あやめは恍惚となり、喘《あえ》ぎはじめた。

表情は読めない。白い肌だけが蠢いている。

ふたりは倒れこむようにして湯槽からあがり、ぬめった簀《す》の子のうえで抱きあった。

掛け行燈の灯りがうまいぐあいに、あやめの姿態を映しだす。

白磁のように滑らかな肌は、ほんのりと桜色に染まっていた。

主水之介は舌先を使い、濡れた首筋を嘗めまわす。

「くすぐったい」

あやめは両手で顔を覆い、腰をくねらせた。

頑《かたく》なに閉じた脚を開かせ、内腿《うちもも》に舌を這わせる。

「……い、いや」

節榑立《ふしくれだ》った指で花弁を探り、果肉を押しひらいた。

あやめは小鼻を膨らませ、たまらずに身を捩《よじ》る。

「だめ……あ、ああ」

苦悶にゆがむ女の顔が、脳髄を痺れさせる。

主水之介は息を詰め、いちもつを捻じいれた。

「ひっ」

短い悲鳴とともに、肉襞《にくひだ》が絞めつけてくる。

「……だ、旦那あ」

あやめは喜悦の色を浮かべ、みずからも舟を漕《こ》ぎはじめた。

波のような快感に浸りながら、夢ではあるまいかとおもう。

夢ならば、いつまでも醒《さ》めずにいてほしい。

あやめは四肢を痙攣《けいれん》させ、妙適《みょうてき》にのぼりつめていく。

主水之介は歯を食いしばった。

もはや、我慢できぬ。

「精《き》をくれてやるぞ」

刹那、あやめがすっと腰を引いた。

「呑ませて、後生《ごしょう》やから」

なぜか上方訛りで、必死に懇願する。

「強い男の精を呑みたいの」

主水之介は、震えるいちもつを引きぬいた。

雁首《かりくび》を握り、あやめの唇もとへあてがう。

「されば、まいるぞ。うっ」

指で絞りあげるや、夥しい精汁《きじる》が放たれた。

あやめは半眼のまま、ごくごく呑みほしていく。

赤い唇もとから首筋を伝い、白い汁が筋を引いた。

主水之介は忘我の境地で、精汁を放出しつづける。

曼陀羅屋との関わりなど、もはや、どうでもよい。

この女と生きていけたら、どれだけ幸福か知れぬ。

快楽《けらく》の淵をさまよいながら、そんなことを考えていた。

四

湯からあがると、ふたりは屋根裏部屋に通された。

「ここなら心配いらねえ。おれと女房のほかは、誰もあがってこねえから」

与七が喋っているあいだも、あやめは主水之介の腕にしがみついていた。

蓄積した疲労のせいか、ぐったりしている。

主水之介はあやめを褥に寝かしつけ、与七とともに居間へ降りた。

おかめが仕度してくれた酒膳をまえに、ぺこりと頭をさげる。

「与七よ。すまぬな、このとおりだ」

「よしてくれ。そぼろの旦那とおいらの仲じゃねえか」

与七は快活に応じ、銚子《ちょうし》をかたむけてくれた。

あやめとの仲を詮索するほど、野暮ではない。

主水之介は、くっと盃を呷った。

燗酒が小腸に沁《し》みる。

「雨ですね、旦那」

「ああ、そうだな」

「こう冷えると、てっぽう汁でも食いてえ気分ですぜ」

「ふむ、ひさしく食べておらぬな」

てっぽうとは、河豚《ふぐ》のことだ。当たると死ぬので、そう呼ぶ。

「へへ、磯釣りにでも繰りだしやしょうかね」

「やめておけ。女房が悲しむぞ」

「冗談じゃねえ。河豚が恐くて御用聞きができるかってんだ」

女房持ちの男は、滅多なことでは河豚を食えない。与七も口にする機会はないのだろうが、江戸っ子らしく見栄《みえ》を張る。

「河豚といやあ、旦那、いろは茶屋の伝蔵が釣責めで逝っちまったとか」

「よく知っておるな」

「地獄耳だけが取り柄でね」

「伝蔵は惨《むご》い死に方をした」

「そぼろの旦那も拷問蔵に」

「ああ、立ちあった。おりんという情婦も、闇与力のひとりに殺られた」

「旦那をめえにして言うのも何だけど、五稜組のやり口は気に食わねえ。没義道な連中の集まりだって、もっぱらの評判でやすよ」

「異論はない、もっともな噂だ。ところで、はなしたいことがあると申したな」

「へえ、じつは、清吉のやつがみつかったので」

「ほ、そうか」

盃をあげた手が止まった。

清吉とは、南茅場町の大番屋で責めた悪党のことだ。

大胆にも牢抜けをやらかし、坂木殺しの嫌疑をかけられていた。

「みつかったといっても、清吉のやつは冷たくなっていやがった」

「殺られたのか」

「五日前のことでやんすよ。品川宿で破落戸《ごろつき》の喧嘩に巻きこまれ、滅多刺しにされて死んじまったらしいので。ところがどっこい、肝心の喧嘩をみた者はひとりもいねえときた」

「ほう」

「屍骸は露地裏に捨ててありやした。通りがかりの馬子がみつけて、番屋に走ったってなわけで。人相書きを回覧してあったから、番屋からも届けがありやしてね、与力の岡崎さまが押っとり刀で向かわれたのでごぜえやすよ」

「岡崎新左衛門か」

妙に懐かしい名のような気がする。

岡崎の告げ口が原因で、坂木玄之丞は御役御免になったのだ。

「岡崎さまだけが清吉の行方を追っておられやした。へへ、あのうらなり与力どの、みかけによらず、執念深《ぶけ》えところがおありだ」

主水之介は北町奉行所を去るにあたって、年番方与力の加納兵衛に坂木殺しの調べなおしを約束させた。そののち、片倉銑十郎から奉行所との接触を禁じられていたので、調べの進捗《しんちょく》を知る由もなかった。

清吉が死のうがどうしようが、どうでもよい。

知りたいのは、坂木殺しの下手人について、奉行所の調べがどれだけ進んでいるかという点だった。

「誰も動いちゃいやせんぜ」

「何だと」

「定町廻りの方々は鼻糞を穿っておりやすよ。後藤四郎兵衛の旦那からは、お叱りを受けやした。おめえが動きまわると、はなしがややこしくなるってね。後藤の旦那は加納さまにべったりだ。察するところ、加納さまの御指図でやしょう」

加納が調べなおしを命じた形跡はあったものの、かたちばかりのもので終わったらしい。

「穴熊め」

加納は、北町奉行所を牛耳る古狸《ふるだぬき》だ。古狸を信じた自分が莫迦だった。

「清吉のやつが坂木の旦那を殺った下手人だなんて、誰もおもっちゃいやせんや。生真面目な新米与力どのだけが信じこんでいなすった。誰からも相手にされねえんで可哀相《かわいそう》になりやしてね、あっしがちょこっと動いてやったんでやすよ。そうしたら、腑に落ちねえことが出てきやがった」

「腑に落ちないこと」

「へい、牢破りの一件でさあ」

与七は知りあいの伝手《つて》をたどり、清吉が破牢した当時のことを調べた。

小伝馬町の鍵役をよく知る牢屋下男に酒を呑ませて聞きだしたところ、清吉は無宿者を集める東二間牢に放りこまれた。その直後、つると呼ぶ持ち金のことで揉め、牢名主の命で袋叩きにされた。きめ板責めだの、陰嚢《いんのう》蹴りだのをやられ、死の恐怖に耐えかねて脱獄を決行したのだという。

「腑に落ちねえのは、その手管でやす」

鍵役がうっかりして、牢の鍵を掛けわすれたというのだ。

「信じられぬな」

清吉はみなが寝静まったあと、苦もなく東二間牢を抜けだした。

ところが、東二間牢は敷地の北面角に位置しており、高い塀を乗りこえないことには外へ脱出できない。屋敷内の警戒は厳重で、塀を乗りこえたとしても、眼下には辻番所が控えている。したがって、牢破りは万にひとつも成功しないというのが咎人たちの常識だった。

ところが、清吉のすがたを見咎めた牢役人はひとりもいなかったというのだ。

「しかもでやすよ、失態をやらかした鍵役には、何のお咎めもねえときてる」

「妙だな」

「でやしょう」

わざと逃がしたのではないか、という疑念が持ちあがってきた。

「いったい、何のために」

清吉を坂木殺しの下手人に仕立てるためにであろうか。

だとすれば、相当に手が込んでいる。それにしても、誰の差しがねなのか。

主水之介は深い暗闇に手を差しいれ、何か得体の知れないものに触れたような気がした。

「それでね、旦那。坂木さまを殺ったのは、やっぱり、清吉だってことに落ちついたんでやすよ」

それが奉行所の見立てになったのだと、与七は言う。

「坂木の旦那はほれ、高価な印籠を持ちあるいておられたでやしょう」

「梟《ふくろう》の彫り物があるやつか」

「へい、その梟の印籠がね、ほとけになった清吉の袖んなかから出てきやがった。もう疑う余地はねえってんで、この一件は手仕舞いになったんでさあ。清吉を追いつづけた岡崎さまはお手柄、鼻を高くしておられやしたよ」

益々、怪しい。

誰とは決めかねるが、奉行所内の誰かが印籠を細工したにちがいないと、主水之介は直感した。

「与七、牢破りの不審事を誰かに喋ったか」

「岡崎さまには」

「まずいな」

「心配《しんぺ》えねえ。あのお方、ぴんときておられやせんでした。勘が鈍いんでさあ。旦那のようにゃいかねえ」

「万が一ということもある。気を配っておいたほうがよいな」

岡崎の口から誰かに漏れ、与七に災難が振りかかるのを懸念した。

ともあれ、考慮すべきは、何者かが坂木を殺害しなければならなかった理由だ。

主水之介の脳裏には「極楽浄土」という四文字が浮かんでいた。

阿片を取りあつかっていたのは、曼陀羅屋長兵衛だ。長兵衛のもとには、瘡に罹ったおまきという女が囲われていた。何者かによって、坂木はおまきと情死したように仕組まれたのだ。

おそらく、坂木の死には阿片が絡んでいる。

縺《もつ》れた糸が、徐々に解けはじめたような気もしてきた。

「与七、女のほうは調べてみたか」

「へへ、おまきのことでやすかい」

「ほう、さすがだな」

「付け鼻でやすよ。細工職人の線を当たったんでさあ」

「なるほど」

鼻をつくるには、骨格を詳しく知らねばならない。

「痣のことをはなしたら一発でやしたよ。職人はおまきの面相をようくおぼえておりやしてね、素姓まで知っていやがった。驚くなかれ、下総国《しもうさのくに》は布佐《ふさ》郡代の箱入り娘らしいですぜ」

「布佐郡代といやあ、勘定奉行の支配だな」

「さようで。おまきの件に関しちゃ、じつは先客がいた」

「先客」

「勘定奉行の御用聞きで、金四郎《きんしろう》ってのがおりやしてね、そいつが何やかやと調べているらしいんで」

「会ってみたか」

「へい。遊び人風だが、なかなか度胸のある野郎でやすぜ。何なら、段取りをつけやしょうか。旦那が直に会ってはなしを聞いたほうが早《はえ》え」

「たのむ。明日にでも会いたいな」

「合点で」

与七は、ぷつっとことばを切った。

女房のおかめが、膳をはこんできたのだ。

箱膳のうえでは、汁椀が美味そうな湯気を立てている。

「蛤汁《はまぐりじる》でやすよ。そいつを呑んで寝なさるといい」

「すまぬな」

主水之介は温かい椀を手に取り、汁をひと口啜った。

潮の香りが口いっぱいに広がり、何とも言えない気分になる。

あやめにも、呑ませてやりたかった。

だが、今は寝かせておくにかぎる。

曼陀羅屋との関わりや伊丹屋との経緯《いきさつ》、例の「割符」のことなども、喋りたくなるまで放っておこう。

何も焦ることはないのだ。

汁を呑みほすと、急に眠気が襲ってきた。

五

翌晩遅く、主水之介は両国広小路にほど近い居酒屋の縄暖簾を潜った。

奥の一隅へ進み、腰の大小を抜いて衝立《ついたて》越しに覗くと、御用聞きの金四郎は酒を呑みながら待っていた。

「よう、こっちだ。遅《おせ》えからよ、さきにやらしてもらったぜ」

声を掛けられた与七は頭を掻き、主水之介を紹介した。

金四郎は顔色も変えず、ぎょろ目を剝きながら聞いている。

時折、福々しい頰を膨らませる愛嬌のある顔だ。

固太りのからだに洒落た縞の着物を羽織り、鯔背《いなせ》な町人髷が板についている。

「もとは北町の橋廻りで、いまは五稜組の旦那かあ。そいつはおもしれえや」

まずは安酒で乾杯し、世間話を交わした。

三人で一升を空けたころ、主水之介は痺れを切らして尋ねる。

「なあ、金四郎。そろりと腹を割ってはなそうじゃねえか。どうして、おまきのことを調べておった」

「郡代の娘だからよ」

「聞いたさ。下総国は布佐郡代の娘だってなあ」

「焦りなさんな。ま、呑みねえよ」

金四郎は酌をしながら、何だかんだとはぐらかす。

与七は呑みすぎ、隣で寝息を立てはじめた。

「おめえさんも強いねえ。だけどよ、酒に強いってのは一長一短だな」

「何で」

「加減を知らねえからさ。おのれをわかっちゃいねえってこと」

「おいおい、金の字。説教を聞きにきたわけではないぞ」

「目くじらを立てなさんな。こちとら命懸けなんだぜ。言っちゃわりいがな、五稜組の番犬相手に腹割ってはなせるかよ。そっちも情報《ネタ》を出してくれりゃ別だがな」

「わかった。なにが聞きたい」

「片倉銑十郎ってな、どんな野郎だい」

金四郎は眸子を据え、単刀直入に切りだす。

主水之介は戸惑いつつも、知っているかぎりのことをはなしてやった。

「なるほど、予想どおりの狸らしいや。ほんじゃ、つぎだ。おめえらは悪所潰しを仕掛けているな。狙いは何だ」

まるで、尋問である。

嫌な気分だが、ここは我慢のしどころだ。

もちろん、日啓のことは秘しておいた。御用聞きに喋る内容ではない。

「五稜組は大義のために動く。江戸の塵掃除をやっておるまでのことよ」

「けっ、よく言うぜ。おめえらのやってることは塵掃除でも何でもねえ、ただの弱い者いじめにしかみえねえがな」

主水之介は黙った。金四郎に指摘されたとおりだ。

「ま、いいや。情けねえ面をしなさんな。おめえさんも悩んでいるってのが、ようくわかったからよ」

金四郎は酒を呷り、げっぷをした。

腹は立ったが、席を起《た》とうとはおもわない。

「おめえさんとの架け橋は、天国のおまきが繋いでくれた。坂木っていう相棒がおまきと心中にみせかけられて殺られたはなし、与七のやつに聞いたよ。可哀相にな、おめえさんが必死になるのもわかるぜ」

「だったら、はなしてくれ」

「布佐の郡代に頼まれたのさ。花嫁修業で大奥にやったはずの箱入り娘が、神隠しに遭ったように消えちまった。伝手を頼って大奥の御年寄に泣きついたものの、埒はあかねえ。困りはてたあげく、勘定奉行に泣きついたってわけだ」

布佐郡代の頼みだけに、勘定奉行も捨ておくわけにはいかない。

だが、そこは大奥だけに調べても謎は深まるばかりで、そうこうしているうちに娘の病死が報されてきた。雀《すずめ》の涙ほどの見舞金とともに、大奥から遺骨と遺髪がぽんと届けられたという。

「御典医が看取《みと》ったっていうからな、信じねえわけにもいくめえ。がよ、親にしてみりゃ、あきらめきれねえや」

病死で一件落着になりかけたが、金四郎はおまきに繋がる端緒を摑んだ。

「目のしたの痣さ。痣のある娘が神田川に浮かんだ噂を聞いてな、ぴんときたのよ。案の定、娘はおまきだった。しかも、瘡で鼻を欠いていた。そうなりゃ、十中八九、どこぞの悪党にたぶらかされ、春をひさいでいたにちげえねえ。たとえば、坂木玄之丞だ。こいつがまず怪しいとおもったね」

「莫迦を申すな」

「へへ、片っ端から疑ってかかるのが、おれさまのやり方だ。仰るとおり、抱え主が坂木の線はねえ。貧乏役人が大奥と繋がっているはずはねえものな」

足を棒にして調べまわるうちに、ひとりの男が浮上してきた。

「曼陀羅屋長兵衛だ。そいつのことは、おめえさんのほうが詳しいはずだぜ」

「五稜組も追っている」

「だったら、極楽浄土のことも知ってんな」

「曼陀羅屋が江戸じゅうにばらまいた麻薬だろう」

「阿片さ。粉を積んだ唐船は海を渡って、どんどこやってくる。水際で阻むなあ、しんどいはなしだ」

阿片は打ち出の小槌と同じで、悪党どもは競って買いもとめる。

放っておけば、販路は全国津々浦々までひろがってしまうだろう。

だが、元締めの曼陀羅屋さえ捕縛できれば、裏に控えた悪党どもを芋蔓の要領で引きずりだしてみせると、金四郎は力を籠める。

「金の字、居所の当てはあるのか」

「女さ、橘町にあやめって名の情婦がいたらしい」

「あやめか」

「おめえさん、知ってんのけえ」

「いいや」

主水之介は頭を振り、つとめて平静を装った。

金四郎は、じっと睨んでいる。勘の鋭い男だ。

「で、金の字、あやめとかいう女はどうなった」

「行方不明さ」

「何で」

「揉めたんだろうよ。ひょっとすると、消されたのかもしれねえ。ただ」

「ただ、何だ」

「おおよその素姓は摑んでいる。浅草の香具師がな、面立ちのよく似た女を知っていたのさ」

「ほう」

「名はおせん、上方流れの女掏摸《すり》だとよ」

うっと、胸が詰まった。

妙適にのぼりつめた女の艶声が耳に甦ってくる。

――呑ませて、後生やから。

あやめはあのとき、上方訛りで懇願した。

まことの名は、おせんというのだろうか。

「どうしたい、顔が蒼《あお》いぜ」

金四郎のぎょろ目が迫ってくる。

酒臭い息を吹きかけられ、主水之介は咳きこんだ。

「あやめは鍵を握る女だ。どうにかして、みつけだしてえ。おう、そう言えば、伊丹屋がどうなったか知ってるかい」

「どうなったとは」

「主人の善兵衛が、物取りに殺られたってはなしさ」

「物取りに。そういうことになっておるのか」

「ん、真相を知ってる口振りじゃねえか。教えてくれよ」

「てめえ、鎌を掛けたのか」

油断も隙もない男だ。舌打ちをしながらも、主水之介はこたえてやった。

「詳しいことは言えぬ。ただ、物取りに殺られたというのは嘘だ」

「ふうん」

「金四郎さんよ。どうして、伊丹屋のはなしをする」

「善兵衛がな、あやめに粉をかけていたからさ」

「曼陀羅屋があやめを使って金を貢がせ、上前をはねていたのだろう」

「それだけじゃねえぜ」

「と、言うと」

「伊丹屋は上方から諸白を仕入れている。親しくしていた三州屋《さんしゅうや》っていう廻船《かいせん》問屋に抜け荷の疑惑があってな」

三州屋の持つ四百石積みの樽廻船から、唐土わたりの御禁制の品がみつかった。そのなかに、伊丹屋の発注した酒樽もふくまれていたらしい。いまだ、確平たる証拠は得られていないものの、信用のできる筋から仕入れたはなしだという。

「樽の底から、何が出てきたとおもうね」

「さあ」

「粉さ」

「阿片か」

「ああ、おもしれえ洒落じゃねえか。あやめに粉をかけてた野郎がよ、上方経由で粉を運んでいた張本人だったとはな」

「すると、曼陀羅屋は伊丹屋ともつるんでいたってことになるな」

「三州屋もそうだ。たぶん、運び屋を請けおっていたんだろう。お上の割符を頂戴している老舗《しにせ》なら、船奉行に疑われることもねえしな。うめえことを考えついたもんだぜ」

「待て。割符と申したな」

「鑑札のことだよ。文字の書かれた木札をふたつに割り、そいつをぴたっと合わせて目印にする」

橘町の仕舞屋で、劉舜なる刺客は「あやめが割符を盗んだ」と口走った。

割符とは、阿片を密輸する唐船とのあいだで交わされる信頼の証拠なのではあるまいか。先方にも元締めがおり、粗悪な品の売買や横流しを防ぐべく、おたがいに取りきめがなされているにちがいない。海上や河岸で見知らぬ者同士が取引を成立させるためには、どうしても割符が必要なのだ。

悪党どもがあやめの行方を捜している理由も、これではっきりする。

割符がなければ、爾後《じご》の取引は困難になるからだ。

金四郎によれば、今のところ、三州屋は泳がしているという。伊丹屋に関しても、死んだ善兵衛の代役を番頭がつとめているらしかった。

それにつけても、金四郎という男、やたら裏事情に詳しい。

「正義を気取るわけじゃねえが、悪党を野放しにできねえ性分でな。とことん暴いてやるつもりさ」

金四郎は大見得を切り、がははと嗤いあげる。
一介の御用聞きに何ができる。
咽喉もとまで出かかった台詞を、主水之介は呑みこんだ。
はなしを聞けば聞くほど、闇の深さが明らかになってくる。
正直、手に負えそうにないが、幸運にも手懸かりは掌中にあった。
あやめだ。
坂木殺しの真相を暴くためには、危ういのを承知で突きすすまなければなるまい。
「ふがっ」
脇で寝ていた与七が、驚いたように跳ねおきた。
「あれ、おふたりさん、はなしはもう済んじまったのかい」
惚《ほう》けた河童の面を眺め、金四郎は腹を抱えた。

六

五日経った。

主水之介は黒羽織の袖を風に靡かせ、夜道を歩んでいる。からだが鉛のように重い。五日間、ほとんど眠っていなかった。朝から晩まで、捕り物や拷問蔵での仕置きに立ちあわされた。組下の連中は外に家さえあれば帰宅しても構わないのだが、与力補佐の主水之介は役宅での寝起きを命じられた。

信用されていないのだ。

片倉銑十郎に縛られていることが、窮屈でたまらなかった。

それでも、夜更けになると隙をみて役宅を抜けだし、あやめのもとへ向かった。

あやめは再会できた晩から高熱を発し、病床に臥してしまった。

譫言《うわごと》で「怖い、怖い」と繰りかえしている。

曼陀羅屋長兵衛にみつかるのが怖いのだろうとおもった。

しかし、あやめの口からは一度も長兵衛や頑鉄の名が漏れることはなかった。

悪夢にうなされて虚空を摑みながら「怖い、怖い」と繰りかえすだけだ。

与七とおかめが親身に看病してくれた甲斐もあり、昨晩は五分粥《ごぶがゆ》を口にするまでに恢復《かいふく》できたものの、込みいったはなしを訊ける容態ではない。かといって、町医者を呼ぶことは憚られた。

心配で矢も楯もたまらず、今宵もこうして両国へ足を向けている。

神田川に映る月が波紋に揺れながら、急かすように追いかけてくる。

八辻原から両国広小路へ通じる川端には、老婆のざんばら髪のような枝垂れ柳が点々とつづいていた。

ふと、坂木と歩んだ寒い日のことをおもいだし、主水之介はしんみりとなった。

両国広小路の賑わいを横目にしながら、米沢町一丁目の『伊丹屋』へおもむき、番頭のはからいで升酒を馳走になった。そのとき、諸白を注文しにきたあやめを見初めてしまったのだ。今にしておもえば、運命の出逢いであったやもしれぬ。

坂木とおまきは死に、曼陀羅屋長兵衛と用心棒の頑鉄は消えた。

伊丹屋善兵衛は殺められ、主水之介は今、あやめを匿っている。

金四郎の言から推すと、あやめは上方流れの女掏摸である公算が大きい。

与七を浅草に走らせればわかることかもしれぬが、素姓を探る気はなかった。

掏摸であろうとなんだろうと、構いはしない。

からだが恢復してくれさえすればそれでいい。

情にほだされたのだろうか。

それとも、渇いた心を潤してほしいなどと、女々しいことを期待しているのか。

「弱い男だな」

自問自答しながら歩みつづけ、新橋までたどりついた。

左手には柳並木、右手には一町ほど郡代屋敷の海鼠塀がつづいている。

人影はないが、何者かの気配を感じた。

背後か。

いや、正面だ。

五間ばかりさきの柳の陰から、痩身の人影がゆらりとあらわれた。

「ん」

月影を浴びた男は、女形にしてもよさそうな優男だ。

闇与力のひとり、長谷部騏一郎であった。

「猪山主水之介、こんな夜更けにどこへ行く」

着流しの長谷部は懐手で近づき、薄い朱唇を捻じあげた。

「どうした、黙っておってはわからぬぞ」

「どこへ行こうと勝手だ」

「ほう、与力に向かって、おもしろい口のきき方をする」

「尾《つ》けたのか」

「怪しいのでな」

気配を殺しながら尾け、途中から先回りしたのだ。

「ひとりか」

「案ずるな。ほかに知る者はおらぬ」

長谷部は二間の間合いから、一歩も近づいてこない。

「深川に馴染みの茶屋があるらしいな。櫓下へ向かうのなら、昌平橋から猪牙を使ったほうが早い」

「それで」

「行く先は別にあるとみた」

踏みこめば、斬りあいになる。

片倉と同様、長谷部は信抜流居合の達人なのだ。

太刀筋の鋭さならば、主水之介もよく知っている。

抜き際の一撃は、飛ぶ蠅をふたつにするほど捷《はや》い。

おのれの剣技によほどの自信があるのか、長谷部は余裕の笑みを浮かべてみせる。

「こたえろ。どこへ行く」

「訊いてどうする」

「近頃は町奉行所の蠅どもが、われらのまわりを嗅ぎまわっておるらしい。万が一、おぬしが岡っ引きなんぞに繋ぎを取っておるようなら」

「どうする」

「斬るであろうな」

突如、殺気が膨らんだ。

長谷部が懐中から両腕を抜き、だらりと垂らす。

「抜け」

誘いかけてきた。

双眸は炎《ほむら》を放っている。

もとより、主水之介に躊躇はない。

この男、斬ってもよかろう。

黒蠟塗りの鞘《さや》に左手を寄せ、ぷつっと鯉口を切る。
助広の本身は抜かない。
下手《へた》に仕掛ければ、殺られるのはわかっている。
「ならば、こちらからまいるぞ」
長谷部は身を沈め、爪先でじりっと土を嚙んだ。
両腕は垂らしたままだ。
居合の命は鞘離れの一瞬、抜きの捷さに懸かっている。
主水之介も大刀を抜かず、磐のようにどっしりと身構えた。
鼻孔をひろげて息を吸い、すぼめた口から長々と吐きだす。
水音も風音も消え、相手の息遣いだけが聞こえてきた。
目に映った相手のすがたに、惑わされてはいけない。
息遣いだけで、一足一刀の間合いを測るのだ。
相手が息を詰めた須臾《しゅゆ》の間隙《かんげき》を衝き、一撃必殺の初手を繰りだす。
助広の刃長も腕の長さも、相手よりは勝っていた。
劣っているとすれば、敏捷《びんしょう》さであろう。

捷さを封じこめるには、下手に動かぬことだ。
頑として動かず、一瞬の勝機に賭けるしかない。
「とあっ」
長谷部が撃尺の間合いを越えた。
息を詰め、柄に手を掛ける。
ここだ。
主水之介の右腕が動いた。
——しゅっ。
抜きはなつ。
白刃が閃いた。
「ふん」
両脚を踏んばり、臍下《せいか》丹田《たんでん》に気合いを籠める。
眩い閃光が闇を裂き、頭上の月を斬りすてた。
双方の動きが、ぴたりと止まる。
時すらも、止まったかのようだ。

火花も散らず、白刃の交錯した形跡もない。

長谷部は踏みこむと同時に、中段から抜き際の胴払いを狙った。

刃は風を孕《はら》み、鋭く対手の横腹を剔《えぐ》ったはずであった。

一方、主水之介は大上段に引きあげた刃を、微塵の迷いもなく振りおろした。

しかも、相手の予想だにしない片手斬りである。

「……くく」

長谷部の顔が、笑ったように感じられた。

つぎの瞬間、ぴっと月代のまんなかが裂け、眉間から鼻筋に沿って裂け目が走った。

「……ふ、不覚」

発したそばから朱唇も裂け、顎がふたつに割れた。

優男の顔は平目に変わり、眼球が横にはみだしてくる。

ぶっと、血が噴きだした。

「ぞひゃああ」

長谷部騏一郎は断末魔の喚きをあげ、地べたに顔を叩きつけた。

主水之介は、夥しい返り血を浴びている。
血達磨の顔で、にっと会心の笑みを浮かべた。
まるで、獲物の生肉を喰《く》らった野獣のようだ。
血塗れの刀身が、鈍い光を放っている。
ぶんと血振りを済ませ、素早く納刀した。
血に酔ったのか、急に吐き気をもよおす。
よろよろと歩み、柳の幹に手をつくや、胃袋の中味をぶちまけた。
「うっ」
脇腹に激痛が走る。
掌を当てると、べっとり血が付いた。
やはり、剔られていたのだ。
幸い、傷は浅い。
片手斬りでなければ、確実に殺られていた。
技倆の差は紙一重、一歩まちがえば三途《さんず》の川を渡っていたところだ。
主水之介は振りかえり、おのれで斬った屍骸を睨みつけた。

長谷部騏一郎の言を信じれば、今宵の行動は誰にも知られていない。何食わぬ顔で役宅へ戻り、眠たそうにしていれば気づかれずに済む。主水之介は、屍骸を置きざりにした。

後ろめたい気もしたが、振りむかずに歩みつづけた。

川風は冷たい。

全身に浴びた長谷部の血が凍りついていく。

与七の営む銭湯が、これほど恋しいとおもったことはなかった。

七

あやめの容態は芳しくなく、容易には恢復しそうになかった。

主水之介は後ろ髪を引かれながらも銭湯を去り、明け方近くになってから小石川の役宅へ戻った。

与七のところで湯に浸かり、着替えもしてきたはずなのに、血の臭いは消えた気がしない。厠《かわや》へ立ちより、何食わぬ顔で大部屋へ向かうと、廊下の角を曲がって大柄の男が近づいてきた。

「何だ、猪山か」

　嗄れ声を発したのは、八の字髭の薄田監物である。

「長谷部をみなかったか」

　のっけから、心ノ臓を縮みあがらせるような問いを口にする。

「いいえ」

　平然と応じ、去りかけた。

「待て」

　擦れちがいざまに声を掛けられ、どきりとする。

「何か」

「おぬし、大小を差して厠へ行くのか」

「いけませぬか」

「風変わりな男よのう」

「よく言われます」

「ふっ、長谷部もな、変わった男だと申しておったわ」

心ノ臓が早鐘を打ったが、顔色は変えない。

「それがしも武辺者の端くれ、たとえ行き先が厠であろうとも、つねの心懸けとして愛刀を手放さぬ覚悟でおります」

「ほう、立派、立派。愛刀はたしか、そぼろ助広の大業物と聞いたが」

「いかにも」

「刃文は乱重ねか」

「はい」

刀身を抜いてみろと命じられたら、戸惑っていただろう。拭いさることのできぬ血曇りが、棟区《むねまち》に付いているからだ。

薄田は黙って髭をしごき、肩を怒らせながら去っていった。

主水之介はほっと安堵の溜息を吐き、野良犬どもが鼾《いびき》をたてる大部屋へ戻った。

臼男の野呂源太夫によれば、薄田は長谷部と男色の仲にあるらしい。男同士の結びつきは、男女のそれよりも濃いという。長谷部の死を知った途端、薄田は気も狂わんばかりに悲しむであろう。執拗《しつよう》な下手人捜索がおこなわれ、遠からず、窮地に陥らぬともかぎらない。

「そのときはそのときだな」

主水之介は、ひらきなおるしかなかった。

ただ、今は何も考えずに眠りたい。

気づいてみれば、一睡もできずに朝を迎えた。

目を赤く腫らしていると、片倉の小姓役をやっている笹山忠一が呼びにきた。

背恰好も人相も、笹山は長谷部によく似ている。

やはり、信抜流の居合を遣うと聞いていたが、実力のほどはわからない。

能面のように無表情なところが、不気味だった。

「一難去って、また一難か」

片倉銑十郎の部屋に導かれると、軍師役の宍戸軍兵衛がかたわらに控えていた。

宍戸は「兜割《かぶとわ》り」の異名をもつ甲源一刀流の剣客だが、よくありがちな剣客の風貌とはほど遠い印象の男だった。

上背は薄田や野呂のほうが高い。

主水之介にくらべれば頭ひとつ低いが、それをおぎなって余りあるだけの貫禄《かんろく》を備えていた。

肥えているのだ。

肉饅頭《にくまんじゅう》のような顔に目鼻が埋まっており、猪首《いくび》は肩にめりこんでいる。座るのも大儀なほどで、隣の片倉が異様に痩せてみえた。

陣笠姿で捕り物に奔走することもあったが、拷問蔵へは滅多に顔を出さない。

宍戸の主な役目は外との橋渡しとされているものの、実体は謎に包まれていた。

「猪山、寝ておらぬのか」

宍戸は分厚い丹唇を開き、探るような眼差しを向けてくる。

「おぬし、深川に情婦がおるらしいの」

おしまのことだ。

なぜ、そのようなことを訊くのか。

長谷部のことが露顕してしまったのだろうか。

不安のかたまりを、主水之介は咽喉の奥へ呑みこむ。

「安心せい。情婦のひとりやふたり、おってあたりまえじゃ。ただし、片倉さまにご心配をお掛けするな。女に精気を抜かれ、お役目に身がはいらぬようでは困る。

櫓下のほれ、なんというたか、『若松』であったかな、茶屋通いもほどほどにしておけ」

「は、心得ましてござります」

冷や汗を拭いたい気分だった。

茶屋通いのことは、あやめから注意を逸らすべく、組下の連中にそれとなく喋っておいたことだ。長谷部と同様、片倉や宍戸も噂を聞きつけたのだろう。

片倉が切れ長の眸子を剝き、重々しく口をひらいた。

「ほかでもない、おぬしを呼んだのは呉服橋まで足労してもらうためじゃ。宍戸とともに出向いてもらう」

「呉服橋にですか」

呉服橋御門内にある北町奉行所のことだ。

「新任の御奉行から、そなたを名指しされたのじゃ。参考人として聴聞いたしたき議これあり、よって、即刻出頭せよとな」

「参考人とは」

「坂木玄之丞の一件らしい。年番方の加納兵衛どのからは、疾《と》うに解決したものと聞いておった。何故、今になって蒸しかえそうとするのか、御奉行の真意は諮りかねる。なれど、無下《むげ》に断わることもできまい。まあ、ほどほどに相手をしてやるがよかろう」

「はっ」

問答の一部始終を掌握すべく、宍戸を監視役に付けようというのだ。

「それにしても、なぜ、御奉行が」

主水之介も首を捻った。

すでに、北町奉行は交替している。

前任者の大草安房守高好が辞め、勘定奉行から昇進を果たした遠山左衛門尉景元《とおやまさえもんのじょうかげもと》が今月から出仕していた。

遠山とは面識もなければ、人物評を耳にしたこともない。

もちろん、坂木殺しを俎上《そじょう》にあげてくれるのは嬉しかった。

だが、相手の顔がみえないだけに、半信半疑のおもいは拭いきれない。

「案ずるな。白洲に引ったてられるわけでもあるまい、ふははは」

宍戸は大口を開けて嗤ったものの、主水之介には片倉の沈思する様子が気になった。

八

午後、主水之介は羽織袴を身につけ、宍戸と呉服橋へおもむいた。

北町奉行所の門は、両袖に番所櫓を抱えた黒渋塗りの長屋門である。

蒼天を背にして厳めしげに聳《そび》える門を仰げば、懐かしさがこみあげてくる。

六尺棒を握った顔見知りの番人と挨拶を交わし、主水之介は長屋門を潜った。

広大な敷地は二千五百坪を優に超え、大小の建物が整然と甍《かわら》を並べている。

玉砂利を敷きつめた白洲が目に飛びこんでくると、さすがの宍戸も頰を強張らせた。

「白洲に突きだされたら、どんな悪党だって観念しちまう」

残忍な罪を犯した悪党が、かつて、つぶやいたことがあった。

縄を打たれた咎人は白洲に座らされた途端、雷に打たれたようになるという。罪状を告げる「天の声」を聞くや、厳粛な心持ちになり、神仏に赦《ゆる》しを請うべく、全身全霊で懺悔《ざんげ》したくなる。あらゆる罪が浄化される場、それが白洲なのだ。

江戸の治安を司る町奉行は「天の声」の持ち主であった。

威厳を感じさせる人物でなければ、この大役はつとまらない。

役高は三千石、官位は大名並みの従五位を授けられ、千代田城では芙蓉《ふよう》の間に詰める栄誉を与えられる。公事上聴といって、将軍の御前で裁きを披露することもあった。幕閣老中と緊密な関わりを保ちつつも、一方では庶民の暮らしに深い理解がないかぎり、江戸町奉行はつとまらない。

本来であれば、一介の同心風情には目見得の機会すら与えられなかった。

それゆえ、遠山景元が衣擦《きぬず》れの音とともに高座へあらわれても、主水之介は額ずいたまま顔もあげずにいた。

「一同、面《おもて》をあげい」

重々しく発したのは、年番方筆頭与力の加納兵衛である。

同席を赦されているのは加納と吟味方の岡崎新左衛門だけで、ほかには書役同心がひとりしかみえない。

遠山は黙然と端座し、右手に扇子を握っている。

威風堂々とした物腰は、みるものを萎縮させた。

「加納よ」

「は」

遠山は疳高い声を発し、扇子の尻で宍戸を指した。

「かのものは何者じゃ」

「は、五稜組与力の宍戸軍兵衛にござりまする」

「そちが呼んだのか」

「はは」

「余計なことをしたな」

「……も、申し訳ござりませぬ」

加納は渋い顔でかしこまった。

さすがの古狸も、新任奉行を操作するのは容易でないらしい。

「去れ」

遠山の一喝で宍戸は退席を余儀なくされ、加納までもが追いはらわれた。

「そちも退席せよ」

と、命じられた瞬間、古狸は棒を呑みこんだような顔をしたのだ。

こいつは傑作だ。

主水之介は、痛快な気分になった。

書役同心も退出し、部屋には岡崎だけがのこった。

予想だにしない展開に、うらなり与力は目を白黒させている。

遠山は岡崎に向きなおり、苦言を呈しはじめた。

「岡崎新左衛門、そちは考えが足りぬ」

「はあ」

「はあ、ではない。坂木玄之丞殺しの下手人、まことに清吉なる小悪党だとおもうているのか」

「はい、ご報告つかまつったとおりにござります。清吉の懐中からは梟の印籠が」

「たわけ。かような小細工に惑わされ、吟味方がつとまるか」

「は」

岡崎は膏汗《あぶらあせ》を垂らし、唇もとを震わせた。

「おそれながら、お尋ね申しあげます」

「何じゃ」

「下手人が清吉でないとすれば、いったい、誰なのでござりましょう」

「たわけ。それを探索せんがために、そちを同席させたのであろうが。杓子定規にものを考えるな。柔軟に頭をはたらかせよ。そうでなければ、吟味方はつとまらぬぞ」

「へへえ」

平蜘蛛のように額づく岡崎が、滑稽でたまらない。

告げ口で坂木を放逐した罰だ。ざまあみろと、主水之介は言いたかった。

だが、遠山は岡崎を排除しようとしない。

むしろ、生真面目さを買っているようだ。

「さて、猪山よ。もそっと、近《ちこ》う寄れ」

「は」

主水之介は腰を屈め、摺り足で畳を滑った。

「よし、それでよい」

遠山は扇子をばっととひらき、突如、くだけた調子で喋りかけてくる。

「腹あ割ってはなそうじゃねえか、なあ」

畳に両手をついたまま、奉行の顔をまじまじと眺める。

「わからねえのか、金四郎だよ」

「あっ」

仰《の》けぞった。

ぎょろ目に福々しい頰、髷の結い方は異なっているものの、よくよく眺めれば居酒屋で酒を酌みかわした男だ。

隠しようもない威厳のせいで、察することができなかった。

「驚くこたあねえや。おれにはおれのやり方がある」

「数々の御無礼をお赦しくだされ」

「いいってことよ。おめえは御用聞きの金四郎とはなしをしたんだ。気にするな」

「はい」

「北町へやってきたはいいがな、どうにも居心地が悪くて仕方ねえ。牛耳ってんのは加納兵衛さ。下の連中は睾丸《きんたま》握られてんだか何だか知らねえが、坂木の一件に関しちゃ黙りを決めこんでいやがる。なあ岡崎、そうだろう」

はなしを振られ、岡崎は口をぱくつかせた。

あまりの急な展開についていけないのだ。

「猪山よ。岡崎と仲良くしてやってくれ。坂木の一件は根が深え。加納のやつも絡んでいるかもしれねえ。でなきゃ、清吉に牢破りなんぞできねえさ。おれがみたところ、どうにかまともなのは、おめえらふたりだけでな。だから、こうして引きあわせてやったんだぜ。粉骨砕身、はたらいてくれや」

「されど、御奉行」

主水之介は両手を畳につけ、くっと顎をあげた。

「何だよ」

「それがしは、五稜組に籍を置いております」

「まともに動けねえってのか」

「はい」

「おめえが五稜組にいたほうが、こっちも都合はいい。三州屋の件をはなしたろう」

「抜け荷の嫌疑ですな」

「おう、それだ。三州屋の船置場ってのが洲崎にあってな、そこへ五稜組の闇与力が出入りしているって情報がある。さっきの太っちょ野郎だよ。宍戸軍兵衛のことさ」

　主水之介は絶句した。

　三州屋は曼陀羅屋長兵衛と結託している。上方経由で隠密裡に阿片を運んでいるという疑惑があると、居酒屋で遠山に聞いたのだ。

「おかしなはなしだろう。曼陀羅屋の行方を追っているはずの闇与力が、三州屋と仲良くしているんだぜ。ついでに、わかったことがひとつある。片倉銑十郎の素姓だ」

　家斉が将軍だったころ、片倉は一時期、御台所様御広敷の職に就いていたという。要は、伊賀者支配である。当然のことながら、大奥の内情には詳しい。

　片倉は今、本丸目付鳥居耀蔵の子飼いということになっている。鳥居は水野忠邦に右腕と恃《たの》まれ、日啓を筆頭とする家斉側近派の追いおとしを企んでいた。その急先鋒となるはずの五稜組が阿片の密売に関わっているとするならば、はなしの筋はまるでちがったものになってくる。

　曼陀羅屋と謀って奥女中に売春行為をやらせているのは、日啓ではなく、片倉なのかもしれない。

派手な悪所潰しや悪党狩りも、世間を欺くための手管なのだ。

奸計をもって日啓を陥れ、みずからの悪事さえも隠匿する腹なのではあるまいか。

主水之介の胸中には、さまざまな疑念が錯綜《さくそう》しはじめた。

いずれにしろ、いまだ真相は藪《やぶ》のなかだ。

「そのあたりのからくりをな、おめえは探らなくちゃならねえんだ。わかったかい」

「御意」

「いいか、焦るんじゃねえぞ。正体がばれたら命はねえからな」

「されど、本日のことで疑念を向けられるのは必定にござります」

主水之介が顎を突きだすと、遠山は不敵に笑った。

「そこんとこは、岡崎がうまくやってくれるさ。新米奉行の遠山は同心殺しに疑念を抱きつつも、聴聞のすえ、下手人は紛《まご》うことなく無宿清吉と判明せり。坂木の件は決着済みと触れまわりゃいい。岡崎よ、頭の鈍いおめえでも、それくれえはできんだろう」

「……は、はい」

恐縮する岡崎を尻目に、遠山は主水之介のほうへ向きなおった。

「猪山、おめえからはおれに接触しねえほうがいい。随時、連絡《つなぎ》はこっちから取らせることにしよう」

「御奉行、今ひとつ申しあげたきことが」

「何だよ」

遠山という人物は信じてもよい。

主水之介の脳裏には、あやめのことが浮かんでいた。

「じつは、曼陀羅屋の情婦、あやめを匿っております」

「あんだと、そいつを早く言え」

遠山は扇子を閉じ、脇息を蹴りあげるほどの勢いで立ちあがった。

第四章　虎口乱舞《ここうらんぶ》

一

潮が充ちてきた。
東の突端に築かれた燈台の灯《あか》りが、遠くのほうで揺れている。
弁財天のあるあたりだろう。
突端までは葦原の一本道を抜けていく。
洲崎は古い埋めたて地で、塵芥のうえに細長い土手が築かれていた。
永代寺門前からは蓬萊橋《ほうらいばし》を渡ってても来られるし、木場からもほど近い。
主水之介は岡崎新左衛門とともに、三州屋の船置場に潜行した。

今は亥ノ刻を過ぎたあたりだ。淡い月影が波に煌《きら》めいている。汀《みぎわ》に繋がれた荷船が波を受け、ぎぎっと軋みあげた。

「女はおるのだろうか」

うらなり顔の岡崎が隣で不安げに囁いた。

潮風に吹かれながらも、全身に汗を掻いている。

主水之介は仏頂面をきめこみ、返事もしない。

「おってくれ、あやめ」

愛しい女の無事を祈りつつ、小石川の役宅を抜けだしてきた。

呉服橋の北町奉行所へ呼ばれたのは、今日の午後のことだ。

主水之介があやめを匿っていると聞き、遠山金四郎は即断した。

私邸へ身柄を移せと、岡崎に命じたのだ。

主水之介は宍戸軍兵衛の監視を受けていたので、いったんは小石川へ戻らねばならなかった。

陽も沈んだころ、密かに与七が役宅へあらわれた。

あやめが消えてしまったと、与七は泣きそうな顔で告げたのである。

あやめは病床から跳ねおき、突如、狂ったように暴れまわったという。
「薬をちょうだい、極楽浄土を」
鬼女のように喚く様子を、女房のおかめは呆然《ぼうぜん》と眺めるしかなかった。
発作だった。あやめは阿片を常用していた。
高熱を発して寝込んだのも、薬のせいだった。
毒気を抜こうと、必死に闘っていたのである。
麻薬に溺《おぼ》れてしまった経緯は、容易に想像できた。
悪事を傍観しているだけの自分が嫌になったのだろう。
おまきのような哀れな女たちが、囲われ、薬浸けにされ、男たちに売られていく。
軟禁、淫行、折檻《せっかん》と、目のまえで没義道な仕打ちがおこなわれていった。
女たちの悲痛な叫びから逃がれたい一心で、あやめは薬に走った。
しかし、一度は悪党の巣窟から脱し、主水之介に救いを求めたのだ。
おそらく、阿片をやめようと決意していたにちがいない。
それと気づいていたならば、処置の方法もあったろう。

悔やんだところで、もはや、後の祭りだ。

おかめがおろおろしている隙に、あやめは着の身着のままで銭湯を飛びだした。

与七はその場におらず、身柄の確保にむかった岡崎とはひと足ちがいだった。

主水之介は、野呂源太夫の吐いた台詞をおもいだした。

「阿片に蝕まれた者をみたことがあるか。悲惨なものだぞ。ことに、阿片が切れたときの苦しみようはな」

まさに生き地獄さと、野呂は上野山の八重桜を眺めながら笑った。

からだを蝕む麻薬の威力は凄まじい。生半可な気持ちで抗しきれるものではない。

あやめも、発作に耐えきれなかった。

悪党のもとへ戻れば、きっと殺される。

頭ではわかっていても、からだは強烈に阿片を欲した。

そして、おのれを見失ったまま、どこかへ消えてしまったのだ。

主水之介は闇与力たちの目を盗み、夜になって役宅を抜けだした。

一方、遠山は事態を把握しつつも表立って動くことができず、勘定奉行のときに手懐《てなず》けた手下たちを江戸じゅうに散らばらせた。

あやめの行方を求めて、河童の与七も動いた。

米沢町の伊丹屋、曼陀羅屋が看板を掲げていた飯倉片町の一画、橘町の仕舞屋と、心当たりのあるさきは片っ端から捜しまわった。

洲崎の船置場にも悪党の根城があることは、おおよそ、見当がついている。

遠山は「洲崎がいちばん臭《くせ》え」と漏らしつつも、大掛かりな出物を渋った。悪党を一網打尽にするのが狙いである以上、下手な動きは控えたかったのだろう。

ゆえに、主水之介は隠密行動を余儀なくされた。

隣で汗を掻く岡崎は、どう眺めたところで頼りになりそうもない。

与力のくせに、信頼できる手下がひとりもいないのだ。

告げ口の恨みも、解消されたわけではなかった。遠山の命令がなければ、単独で行動したいところだ。

ざざんと、波が吼えた。

船置場に動きはない。人影すらなく、白波が闇に閃いているだけだ。

「たぶん、女は生かされておるぞ」

と、岡崎は言いきる。

「なぜです」

「割符だ。そいつを差しださねば、生きていられる」

甘いなと、主水之介はおもう。

阿片をつかえば、容易に口を割らせることはできる。

口を割ってしまえば、あやめが殺される公算は大きい。

「劉舜のやつに咽喉を裂かれてしまうかもしれない」

凄惨な光景を打ちけそうと、主水之介は首を振った。

「おぬし、割符をみたのか」

「いいえ」

「女は携えておらなかったのだな。とすれば、虎口を逃がれた直後、どこかに隠したということにならぬか」

「そうかもしれませぬな」

「何か手懸かりは」

手懸かりがあれば、そこへ走っている。

「何も」

素っ気なくこたえてやった。

「割符というのはあれか、絵馬のようなものかな」

何気なしに岡崎の吐いた台詞が妙に引っかかる。

突如、脳裏に電光が閃いた。

主水之介は物陰から飛びだし、脱兎のごとく駆けだす。

「待て。どこへ行く」

「弁財天へ」

岡崎に向かって、主水之介は確信を込めてこたえた。

二

葦原のなかの一本道を、ふたりで必死に駆けぬけた。

阿片の蔓延《まんえん》を阻もうと、あやめは割符を盗みとった。

女掏摸なら、盗みとるのは難しいことではなかったはずだ。

悪党の巣窟を脱し、あやめは神仏に縋《すが》りたくなった。そして、割符を隠そうとおもいたち、どこかの寺社へ足を向けたにちがいない。

岡崎が「絵馬」と口走ったとき、主水之介は聞きながすことができなかった。何事かを祈念すべく、神社に奉納するのが絵馬である。神社には何体もの絵馬が奉納されている。そのなかに割符を紛れこませれば、木を森に隠すようなものだ。容易には気づかれない。

櫓下であやめと再会したときのことを、主水之介はおもいだしていた。

「昨日も一昨日も、大鳥居のそばで待っておりました。やっと、めぐりあえたのでございます」

嬉しいような、胸苦しいような気持ちになった。

あのとき、あやめは東の方角に手を合わせ、こう言ったのだ。

「これも弁天さまのお導きでございましょう」

まちがいない。悪党どもの狙う割符は、弁財天の絵馬のなかに隠されている。

主水之介は朱の鳥居を潜り、胸の潰れるおもいで石段を駆けあがった。

「おうい、待ってくれ」

岡崎はふらふらになりながら、遥か後方から追いかけてくる。

石灯籠の点々とする参道を駆けぬけると、鬱蒼とした木立のなかに檜皮葺きの本殿があらわれた。

境内の数ヶ所に木柵が設えられ、無数の絵馬が奉納されている。

あたりは闇が支配していた。

これだけある絵馬のなかから、割符をみつけられるのだろうか。

頭がくらくらしてきた。

ともあれ、灯りを仕度しなければなるまい。

主水之介は手頃な木片を拾い、袷《あわせ》の右袖をちぎった。

木片に袖を巻いて松明《たいまつ》をつくり、火を貰おうと石灯籠に近づける。

ぼっと、松明が燃えあがった。

と、そのとき。

「きえ……っ」

何者かが喚き、背中に斬りつけてきた。

「ふん」

意表を衝かれながらも、からだが勝手に反応する。

主水之介は松明を抛《ほう》り、振りむきざまに抜刀した。

「うしゃ……っ」

乱重ねの刃文が煌めく。

「ぐはっ」

血煙が舞った。

刃長二尺四寸の助広は風を孕み、迫りくる影を雁金に薙いでいた。

横一線に断たれた男の胸が、斜め後方にずり落ちていく。

下半身は仁王立ちのまま、茫々《ぼうぼう》と血を噴きつづけた。

「猪山、いかがした」

岡崎がもがくように駆けより、咽喉を引きつらせる。

主水之介は振りむきもせず、血振りを済ませた。

男の下半身が、どしゃっとくずおれていく。

「……あちっ、あちち」

岡崎は、松明を拾いあげた。

「斬ったのは悪党の一味か」

「でしょうな」

「よし、顔をみてやろう」

岡崎は俯《うつぶ》せの屍骸を足でひっくり返し、死に顔に松明を近づける。

「うっ」

声を失った。

「こ……こやつ、後藤四郎兵衛ではないか」

岡崎は顎を震わせ、低く唸った。

胴を輪切りにされたのは、曼陀羅屋長兵衛でも、頑鉄でもなく、北町奉行所の定町廻りにほかならなかった。

おもえば、坂木玄之丞の屍骸を検屍したのも後藤だった。

後藤ならば、梟の印籠を細工することもできる。

「猪山、これをみろ」

血塗れになった後藤の懐中から、古びた木板が覗いている。

主水之介は屈みこみ、ひょいと拾いあげた。

「割符ですな」

割符に使用されていたのは、一体の絵馬であった。

朱で描かれた見事な駿馬《しゅんめ》が、斜めに切断されている。

欠けたもう一方は、唐船の仲介人が携えているのだろう。

悪党どもは馬の図柄を合致させることで、阿片の取引をおこなっていたのだ。

「やつら、血眼《ちまなこ》になって、こんなものを探しておったのか。それにしても、後藤がなぜ」

割符の在処《ありか》を知ったのは、おそらく、あやめの身柄を握っているからだ。

どうしても、後藤は割符を手に入れねばならなかった。

誰の指示かは見当がつく。

その人物は、曼陀羅屋長兵衛とも裏で通じていたのだろう。

阿片の取引はとんでもない利益を生む。人を狂わせ、私利私欲に走らせる魔力を秘めている。

坂木玄之丞は悪事の全貌を知っていたのだ。知っていたがために殺められた。

あるいは、考えたくもないことだが、みずから悪事に加担していた。

分け前の配分で内輪揉めになり、消されたのかもしれない。

ばらばらの断片が、ようやく、ひとつの糸で結ばれた。

「岡崎さま」

「ふむ」

「ここはひとつ、覚悟を決めねばなりませぬぞ」

「わかった」

岡崎も腹を据え、きっぱりと言いきった。

悪党の正体が明確に浮かんできたのだろう。

額に柿色の鉢巻きを締め、襷掛《たすきが》けまでやりはじめる。

「鉢巻きがもう一本ある。おぬしも締めぬか」

「は、では」

主水之介も鉢巻きを締め、ついでに左袖をちぎった。

もはや、斬りこむさきは問うまでもない。

八丁堀、加納兵衛の私邸であった。

おそらく、あやめも私邸に拘束されているはずだ。

生きていてくれと胸に祈りつつ、主水之介は駆けだした。

三

木場からは猪牙を使った。

大川を突っきり、船手屋敷を右手にみながら京橋川へ進入する。

八丁堀は指呼《しこ》のうちだ。

加納の私邸は、京橋川が楓川と交差する弾正橋のそばにある。

あやめが「怖い、怖い」と譫言で漏らした人物とは、加納兵衛のことだったのかもしれない。そんな気がした。

すでに、日付は変わりつつある。

袷の袖を断ったので、寒風が腋《わき》のしたを吹きぬけてゆく。

八丁堀の界隈は深閑としていた。

死の予感を孕んだ静けさだ。

「急がねばならぬ」

あやめを救いたい一念で、闇雲に駆けてきた。
本来ならば、遠山の命を仰がねばならぬところだ。
だが、加納に猶予を与えてはまずい。
言い逃がれの余地は、まだ残されている。
後藤四郎兵衛に罪をかぶせることもできよう。
死人に口無し、坂木がよい例だ。
古狸は、のらりくらりと躱す術を心得ている。
「猪山よ、問答無用で斬るしかなかろう」
むしろ、岡崎のほうが勇みたっているようにもみえる。
じつをいうと、主水之介には一抹の躊躇があった。
加納兵太郎のことだ。
与力見習いとなり、今月から北町奉行所へ出仕している。
千葉道場で兄のように慕ってくれた兵太郎に罪はない。
父親を断罪すれば、さぞかし悲しむであろう。
「だが、やらねばならぬ」

主水之介は、見馴れた邸宅の冠木門を仰いだ。

加納邸の敷地は四百坪を超え、頑強な練塀に囲まれている。

「どうやって忍びこむ」

岡崎に聞かれ、主水之介はにやりと笑った。

「ここでお待ちくだされ」

塀は簡単に乗りこえられる。

かつて、こそ泥に侵入されたことがあり、その際の足掛かりが修繕されずに残っていたからだ。

足掛かりをみつけ、するすると塀をよじのぼった。

内から門脇の潜り戸を開け、岡崎を導いてやる。

「まるで、泥棒猫だな」

猫というより、主水之介は獰猛《どうもう》な虎だ。

腹を決めれば、人はこうなる。

敷地内の配置は熟知していた。空で絵図面を描くことができる。

広大な中庭には瓢簞池《ひょうたんいけ》があり、池の縁には加納の自慢する織部《おりべ》灯籠がどっしり構えているはずだ。

中庭を突っきり、沓脱石のところへ達した。

小柄《こづか》を取りだし、巧みに雨戸をこじあける。

「む」

「どうした、猪山」

「異臭がする」

「うっ、まことだ」

「龕灯を点けてくだされ」

「よし」

廊下を淡く照らしながら、主水之介は慎重に歩を進めた。

加納の寝所はわかっている。

廊下を曲がって寝所へ近づくにつれ、異臭は濃くなってきた。

「うわっ」

後ろの岡崎が足を滑らせた。

龕灯をかたむけ、廊下を照らしだす。

血の海だ。
横の障子に、刷毛《はけ》で散らしたような血痕をみつけた。
隙間に爪先を捻じこみ、勢いよく障子を開ける。
「げっ」
岡崎は鼻と口を押さえた。
畳のうえに、首がいくつか転がっている。
見知った顔の用人たちだった。
障子を開けたまま、ふたたび、廊下を進む。
いったい、誰がこのような斬撃をおこなったのか。
言い知れぬ不安に駆られつつ、廊下を何度か曲がった。
そして、八畳間の寝所を正面にとらえた。
障子越しに、行燈の明かりが揺れている。
人影が蹲っているような気配もあった。
岡崎は怖《お》じ気《け》づき、一歩後退《あとずさ》った。
主水之介は腰を落とし、大刀の柄に手を添える。

「ぬおっ」

短く発し、障子を引きあけた。

「うっ」

強烈な臭気とともに、凄惨な光景が目に飛びこんできた。

手前には咽喉を突いて自害した細君の屍骸が横たわり、真っ赤な褥のうえでは加納兵衛が仰向けになって死んでいる。

肩口から脇腹にかけて、一刀のもとに斬りさげられていた。

あおぐろく変色した皮膚が、斜めにぱっくり口をあけている。

そして、奥まったところに、白装束の若侍が俯していた。

「……へ、兵太郎」

主水之介は駆けより、若侍の肩を引きおこした。

十文字に搔っ切った下腹の亀裂から、臓物がぞろぞろはみだしてくる。

慚愧《ざんき》の念を滲ませた眸子は、虚空を睨みつけたままだ。

頬にふた筋、血の涙を流した痕跡が窺えた。

「……お、おぬしが成敗したのか……ち、父を赦せなかったのだな」

清廉な若者は悪事の全貌を知り、父を斬って自決する覚悟を決めたのだ。母は惨状を目の当たりにするや、阻《はば》もうとした用人たちも斬ったにちがいない。

自刃《じじん》してしまったのだ。

「はやまったな、兵太郎よ」

主水之介は胸を詰まらせ、屍骸《むくろ》の頭を掻き抱いた。

しかし、こうするよりほかに方法はなかったのかもしれない。

父がおおやけの裁きに服したとしても、兵太郎は死を望んだであろう。

「猪山、遺書があるぞ」

岡崎が細長く折りたたんだ奉書紙を拾いあげた。

兵太郎が死にのぞみ、おのれでしたためたものだ。

血の滲んだ奉書紙を開き、岡崎は黙然と目で文字を追う。

「猪山、ほれ、読んでみろ」

差しだされた遺書を受けとり、主水之介も目を通す。

悪事のあらましが、兵太郎の筆で連綿と綴《つづ》られていた。

どうやって真相を知り得たのか、その点に関しての記述はない。

私情を挟まずに淡々と書きとめた様子が、かえって痛々しかった。

阿片の密売、宿下がりの女たちを利用した売春、やはり、悪事の中心には曼陀羅屋長兵衛がいた。長兵衛は抜け荷に手を染め、阿片のことを知ったのだ。そして、伊丹屋や三州屋と組み、阿片を運ぶ経路を周到に築いたうえで、江戸じゅうに毒を振りまいた。

加納兵衛はすべての事情を知りつつも、曼陀羅屋の悪事を黙認しつづけた。見返りとして多額の金子を受けとり、手下の役人たちにも金をばらまいて沈黙を強要した。

遺書には後藤四郎兵衛以下、金を受けとった者たちの名が列記されてある。残念なことに、坂木玄之丞の名も見受けられた。

「やはり、そうであったか」

主水之介は、鉛を呑みこんだような気分になった。

岡崎の告げ口で清吉への拷問が露顕し、坂木は窮地に陥ったのだ。そこで、加納に取引を持ちかけた。役目を辞す見返りに、功労金が欲しいとでも言ったのだろう。欲が仇《あだ》となり、坂木は抹殺されたのである。

主水之介は、奥歯を噛《か》みしめた。

虚《むな》しすぎる。これが求めていた結末だとすれば、あまりにも虚しすぎる。

兵太郎の遺書には、曼陀羅屋長兵衛の素姓も記されていた。

「盗人《ぬすっと》だったようだな」

と、岡崎が口を挟む。

捕縛され、変節し、差口奉公人となり、五年ほど旗本に仕えたらしい。

しかし、肝心の旗本に関する記述はなかった。

そこまでは、調べがおよばなかったのだろう。

ただ、兵太郎は「その旗本こそ、加納兵衛に曼陀羅屋を引きあわせた張本人ではなかろうか」と、憶測を述べている。

主水之介は遺書をたたみ、懐中に仕舞った。

斬らねばならぬ悪党はまだ、どこかに潜んでいる。

「あとは任せておけ。おぬしの恨みは、きっと晴らしてやる」

兵太郎の瞼を閉じ、主水之介は胸に誓った。

四

――ぎゃああ。

母屋に帛《きぬ》を裂くような女の悲鳴が響いた。

「あやめ」

岡崎を吹っとばし、廊下へ躍《おど》りでる。

人影が眼前を過《よ》ぎり、雨戸を蹴破った。

「待て」

濡縁《ぬれえん》から叫びかけると、禿頭の男が太い首を捻りかえした。

丈八尺、重さ三十貫目はあろうかという巨漢が星明かりを浴び、中庭のまんなかで仁王立ちしている。

「頑鉄か」

見越入道のごとき化け物は、気絶した女を小脇に抱えていた。

あやめだ。まちがいない。

「ほほう、北町の野良犬じゃねえか。何で、おめえがいる」

「聞きてえか。弁財天で後藤四郎兵衛を斬ったのさ」

「何だと」

頑鉄の顔に動揺が走った。

巨体に殺気を漲《みなぎ》らせ、じりっと近づいてくる。

身には寸鉄も帯びていない。

だが、頑鉄は素手で人の首を捻じきる膂力を持っている。

「よう、でかぶつ。探しているのは、こいつか」

主水之介は懐中から、割符を取りだしてみせた。

頑鉄は尖った耳をひくつかせ、じっと割符を睨む。

「どうした、口がきけなくなったか」

「考えているのさ」

「脳味噌があんのかよ」

「まいったな。兵太郎のつぎは、おめえかい」

「どういう意味だ」

「狂っちまったのよ。兵太郎は阿片をやっていたんだぜ」

「何だと」

木立が風にざわめいた。

「ひと月ほどめえに、父親の行状を知ったのさ。さんざっぱら悩んだあげく、阿片に手を出しちまったのよ。しかもな、あの若僧はあやめに惚れていやがった」

「嘘を言うな」

「嘘じゃねえ。あやめは加納兵衛にくれてやった女だ。ところがな、兵太郎とも深え仲になっちまったんだ。へへ、女は魔物さ」

主水之介はうろたえた。

遺書に記されていない事情を、頑鉄は平気な顔で喋っている。

「あやめは男を狂わす女だ。兵太郎のやつはな、恋仇《こいがたき》の父親を殺っちまったんだよ」

「莫迦を抜かせ」

「信じたくねえなら、信じなくてもいい。こうなることは、最初《はな》からわかっていた。だからよ、役人なんかとつるむのはよせって言ったのに、長兵衛の旦那は首を縦に振らなかった」

頑鉄のことばを信じれば、兵太郎も毒水を啜っていたことになる。

主水之介の頭は、混乱しかけていた。

「おれは加納との約束どおり、割符を受けとりにきた。そうしたら、このざまだ。家のそこいらじゅうが血の海さ。もっとも、あやめだけは生きていやがったがな。割符さえ手にはいりゃ、もう用はねえ」

「どうする気だ」

「だから、考えているのさ」

瓢簞池の鯉が一尾、ばしっと跳ねた。

群雲は屑星を隠し、織部灯籠の炎だけが暗闇に揺れている。

横合いから、岡崎がぬっと顔を差しだした。

「おっと、もう一匹いたのか」

頑鉄は「ぐふふ」と、笑ってみせる。

「おめえはたしか、新米与力だったな。おめえらふたりがつるんでいるってのも、妙なはなしだぜ。坂木玄之丞の一件で、いがみあってた仲じゃねえのか」

主水之介は、ぴんときた。

「頑鉄。おめえ、坂木さんを殺ったな」

「へへ、今ごろわかったか。加納兵衛に頼まれたのさ。おれは気がすすまなかったぜ。坂木は役人にしちゃ、めずらしく気のいい野郎だったからな」

「おまきも殺ったのか」

「ああ、そうさ。坂木はおまきにぞっこんだった。鼻が欠けているってのになあ。せめてもの餞《はなむけ》にとおもって、相対死にみせかけたのよ」

もはや、問うまでもない。おまきは、曼陀羅屋が坂木にあてがった女だった。毒水を啜った役人たちは、金銭のみならず、女たちもあてがわれていたのだ。

「赦せねえ」

「そうかい、だったら殺ってみな。こっちも手間が省けるぜ」

頑鉄は小脇に抱えたあやめを、どさっと地べたに落とした。

着物を脱ぎ、肉の盛りあがった鋼のようなからだをみせ、振りむきざま、何をするかとおもえば、織部灯籠を両手で抱えあげる。

「ぬおっ」

百貫目はある石のかたまりを、頑鉄は肩に担いでみせた。

さすがの主水之介も声を失った。

「覚悟しな。さんぴん」

頑鉄は織部灯籠を頭上に掲げ、猛然と突進してきた。

「ひっ」

岡崎は悲鳴をあげ、廊下の隅に縮こまる。

「ずおおお」

化け物の雄叫びを聞きながら、主水之介は抜刀した。

磐のかたまりが、眼前に躍りかかってくる。

「でや……っ」

織部灯籠が投げこまれた。

雨戸も柱も倒壊し、庇が崩落してくる。

濛々《もうもう》と粉塵が舞い、目の前は真っ白になった。

丸太のような腕が伸び、ぐいと襟を摑まれる。

「うわっ」

猛然と引きよせられ、中空へ高々と抛りなげられた。

主水之介はもがきながら、玉砂利のうえに落ちていく。

「ぬぐっ」

左肩をしたたかに打ったが、刀は手放さない。

「死ねや」

頑鉄の巨体が、鼻先まで肉薄していた。

両手を大きく横に広げ、頭上から覆いかぶさってくる。

「けえっ」

起きあがりざま、白刃を薙ぎあげた。

血飛沫とともに、脂肪の粒が弾けとぶ。

「かっ」

頑鉄は血痰を吐いた。

福禄寿のごとき禿頭が紅潮し、形相は鬼に変わっている。

「それで斬ったつもりけえ」

たしかに、斬ったはずだ。

ところが、化け物は痛みすら感じていない。

肉の鎧《よろい》を着ているのだ。

脂を巻いた刃は、ぎとぎとに光っている。

「そりゃ……っ」

太い腕が飛んできた。

——ぼこっ。

躱す暇もなく顔を撲られ、一間余りも吹っとばされた。

頭が真っ白になる。

血反吐を吐きつつも、主水之介は立ちあがった。

「猪山、だいじょうぶか」

間の抜けた岡崎の声に、頑鉄が振りむいた。

その瞬間、主水之介は疾風と化す。

死地へ飛びこんだ。

「くわっ」

頑鉄は腰を捻り、右脚を繰りだした。

石をも砕く蹴りの一撃が、鬢に襲いかかってくる。

紙一重で躱し、刃の切っ先を突きあげた。

「ぐおっ」

手応えがあった。

頑鉄は蹲り、苦悶に顔を歪めた。

切っ先は肉片を剔りとっていた。

睾丸を串刺しにしたのだ。

「……と、とどめを、刺しやがれ」

痛みに震える禿頭をみおろし、主水之介は助広を振りかぶる。

刹那、背後に別の気配が立った。

岡崎ではない。

あやめでもなく、殺気を漲らせた人影だ。

「うぬっ」

振りむいた瞬間、三日月の刃が投擲《とうてき》された。

ぎゅるんと唸りあげ、顔面へ襲いかかってくる。

咄嗟《とっさ》に首を縮めるや、凶器は主水之介の頬を浅く削った。

「げっ」

声を発したのは、頑鉄だった。

三日月の刃が、太い首根に食いこんでいる。

夥しい血をほとばしらせながらも、頑鉄は立ちあがった。

ほとんど首はちぎれているというのに、生への執着が化け物に尋常ならざる粘りを与えていた。

「ふほっ、立ちあがった」

影の嘲笑を背中で聞きながら、主水之介は助広を突きあげる。

「いえいっ」

切っ先は頑鉄の心ノ臓を貫き、瞬時に引きぬかれた。

意志を失った肉のかたまりは鮮血を散らし、巨木のように倒れていった。

「へへ、危ういところだったなあ。でかぶつを始末してやったのは、おれだぜ」

門のそばに、左耳の欠けた小男が立っている。

「劉舜か」

最初から、頑鉄に狙いを定めていたらしい。

「睾丸《たま》無し野郎に用はねえ。本人も死んだほうがましだろう」

劉舜はいつのまにか、あやめを背負っている。

主水之介は唾を飛ばした。

「女をどうする気だ」

「割符と交換にしよう。女が欲しけりゃ、鎌倉河岸《がし》へ来い」

「何だと」

「丑満つ刻《どき》に、でかい取引がある。おれとあんたと、どっちが生きのこるか、賭けるのもおもしろそうだ」

劉舜は不気味な哄笑《こうしょう》を残し、ふっと消えた。

五

八丁堀から鎌倉河岸は近い。

外濠《そとぼり》を左手に眺めて一石橋を越え、竜閑橋を渡ればたどりつく。

一石橋の手前で左手へ折れれば、呉服橋御門である。

遠山金四郎はおそらく、北町奉行所で待機しているはずだ。

加勢を求めることもできるが、下手に動けば、あやめの命は危ない。

岡崎新左衛門が、咽喉をぜいぜいさせながら追いすがってきた。

「……い、猪山、待ってくれ。罠《わな》かもしれぬぞ」

主水之介は、ぴたっと足を止める。

言われるまでもない。罠であろう。

囊中《のうちゅう》へ鼠《ねずみ》を誘い、一気に始末する腹なのだ。

「おぬしを斬れば、割符は手にはいる。女と交換にする必要はない」

岡崎の言うとおりだ。

が、無謀と知りつつも、主水之介は斬りこむ覚悟を決めていた。

決めた以上、後戻りはできない。

「そんなに、あやめという女がだいじなのか」

問われるまでもなかった。あやめさえ助かるのであれば、自分の命などいくらでもくれてやる。

「御奉行に加勢を求めたほうがよい。わしは行くぞ」

岡崎は返事も聞かず、呉服橋御門のほうへ駆けだした。

主水之介は一石橋を越え、北鞘町、本両替町と、疾風のように駆けぬける。

竜閑橋を渡り、鎌倉河岸にたどりついた。

丑満つまではまだ、四半刻はあろう。

闇は深い。雨がぽつぽつ落ちてきた。

濠の水面はさざ波だち、濠端に繋がれた艀《はしけ》が左右に揺れている。

鎌倉河岸の由来は千代田城築城のおり、鎌倉産の石材を陸揚げしたところだったからともいう。住吉町や難波町のあたりに元吉原ができる以前は、河岸の人足たちをあてこんだ女郎屋が軒をつらねていた。今は、濠端に柳並木の植わる広小路に変わり、徘徊《はいかい》しているのは夜鷹くらいのものだ。

竜閑橋から西へ二町ほども進めば、番士の守る神田橋御門がある。

勘定奉行の役宅も、そばに佇んでいた。

こうしたところで阿片の取引をすることなど、常識では考えられない。

主水之介は冷たい雨に打たれながら、静まりかえった道を歩みはじめた。

「へへ、鼠があらわれおった」

背後の暗闇から、唐突に声が掛かる。

「止まるな。歩きつづけろ」

聞きおぼえのある声だ。

「宍戸軍兵衛か」

「おっと、振りむくでないぞ」

宍戸は肥えた男だ。

からだつきからは想像できぬものの、甲源一刀流の手練だった。

五稜組では「兜割り」の異名で知られている。

振りむいた途端、ばさりと殺られかねない。

しかも、敵は宍戸ひとりではなかった。

主水之介は、闇に蠢く大勢の気配を察している。

「よし、止まれ」

足を止め、濠端のほうへ目をやった。

繫留《けいりゅう》された艀のうえには油樽がいくつも積みこまれ、樽の陰に十人余りの人影が蹲っている。

沖仲仕《おきなかし》だろうか。

妙な結髪や衣装から推すと、唐人かもしれない。

劉舜の言ったとおりに「でかい取引」がおこなわれるのか。

取引をおこなうためには、割符が必要なはずだ。

正面から、陣笠の男がゆっくり近づいてきた。

「片倉銑十郎か」

いや、ちがう。

小姓役の笹山忠一だった。

優男にみえるが、油断はできない。

片倉や長谷部騏一郎と同じく、信抜流の居合を遣う。

「猪山主水之介。おぬしは北町奉行所の密偵《いぬ》か。遠山景元が嗅ぎまわっておるのは先刻承知だぞ」

笹山は単刀直入に切りだした。

黙っていると、背後から宍戸が声をかけてくる。

「最初から怪しいとおもったぜ。長谷部を殺ったのも、おめえなんだろう」

「だったら、どうする」

「薄田監物が泣いて口惜しがるわなあ。何しろ、おめえはここで死ぬんだ」

濠端のほうから、沖仲仕の連中がぞろぞろやってくる。

腕や胸に刺青《いれずみ》を彫った男たちだ。

なかでも一段と目つきの鋭い大柄の男は、唐船の船長であろうか。

眉間に稲妻のかたちをした金瘡がみえる。

「割符を寄こせ」

と、笹山が吐いた。

主水之介は懐中から絵馬を取りだし、すぐに仕舞いこむ。

「女と交換のはずだ」

背後の宍戸が、くくっと笑った。

「間抜けめ。あやめに惚れたのが運の尽きさ」

「女を出せ」

「おらぬわ。劉舜が小石川に連れていった」

「片倉の役宅にか」

「ああ、今ごろは釣責めにされておるかもしれぬぞ。あの女はわしらを裏切った。容易にゃ殺さねえよ。じわじわ嬲り殺しにしてやるのさ」

主水之介は宍戸を相手にせず、正面の笹山を睨みつけた。

「笹山さんよ、その人相の悪い連中が阿片を運んできたのか。五稜組ってのは大義のために動くんじゃなかったのかよ」

「寝言は聞きたくないな」

「曼陀羅屋を飼ってたのは、片倉銑十郎だったってわけだ。阿片も売春も何もかも、おめえらが仕組みやがったんだな」

谷中のいろは茶屋も、雑司ヶ谷のほへと茶屋も、片倉が曼陀羅屋に命じてつくらせた隠売女だったのだ。元締めの伝蔵を拷問蔵に吊るし、わざわざ曼陀羅屋長兵衛の名を吐かせたのも、今からおもえば周到なでっちあげだった。

南町の龍と呼ばれた吉見彦三郎でさえ、悪事の黒幕は日啓だと確信していたのだ。

「すっかり騙されちまったぜ」

主水之介は笹山の顔を睨み、ぺっと唾を吐いた。

「おめえら、そんなに金が欲しいのか、え」

「ひとつだけ言っておく。われらは私利私欲で動いておるのではない」

日啓を筆頭とする家斉側近派を葬るべく、いわば、世直しのための資金稼ぎをおこなっている。阿片の密売は目途を遂げるための手段にすぎぬと、笹山はしたり顔でほざいた。

老中首座の水野忠邦や本丸目付の鳥居耀蔵は、どこまで関知しているのだろうか。

その点は知る由もない。

片倉の独断かもしれなかった。

いずれは大目付にでも昇進し、御政道を裏から牛耳ろうとでもおもっているのか。

主水之介にしてみれば、そんなことはどうでもよい。

思案すべきは、ここからどうやって血路をひらくかということだ。

「笹山、手っとり早く済ましちまおうぜ。北町の捕り方どもがもうすぐ、血相を変えてやってくるだろうからな」

宍戸の呼びかけに応じ、笹山が刀の鯉口を切った。

これを合図と待っていたかのように、眉間に刀傷のある男が異国のことばで指示を発した。

荒くれ者たちの後方から、縄を打たれた三人の男が連れだされてくる。

やはり、唐人風体の男たちだ。

散々にいたぶられた様子が、ありありと窺える。

死んだも同然の三人は縄を解かれ、その場に膝を折った。

喚きもしない。舌を抜かれているのだ。

金瘡の男が腰から幅広の彎刀《わんとう》を抜き、無造作に身構えた。

「殺《シャー》、殺《シャー》」

彎刀が振りおろされ、三つの首が転がった。

「阿片をくすねた糞どもさ」

と、宍戸が笑う。

「猪山、つぎはおめえだ」

首を刎ねられた連中と結託し、阿片の取引を画策したことにされるのだ。

事前に察知した五稜組が乗りだし、悪党どもを成敗する。そうした図式であろう。

なるほど、宍戸も笹山と同様に陣笠をかぶり、捕り物装束に身を固めている。

「へへ、遠山景元はぐうの音も出ねえだろうなあ」

「させるか」

前触れもなく、主水之介は地を蹴った。

正面の笹山へ向かうとみせかけ、反転しながら抜刀する。

「つあっ」

刃を払って振りむくと、宍戸の顔が目睫《もくしょう》に迫っていた。

上段からの一撃を斜《はす》に躱し、相手の胸をずばっと斬りさげる。

獲った。

と、おもった瞬間、烈しく火花が散り、助広の刃は鎖帷子に跳ねかえされた。

「うおっと、危ねえ、危ねえ」

宍戸は後方へ退き、斜めに断たれた鎖帷子を引きちぎった。

六

不意打ちを失敗《しくじ》った主水之介は、荒くれどもに囲まれた。

雨足は強くなってくる。

足もとで魚が跳ねているようだ。

相手にとっては都合がよい。雨音は剣戟や喚声を消してくれる。

「囲め、囲め。割符はそやつの懐中にあるぞ」

笹山が異国語で喚くと、十数人の男たちが輪を狭《せば》めてきた。

管槍やら鉈《なた》やら、雑多な得物を携えている。

身のこなしから推して、殺しあいに馴れた連中にまちがいない。

ひょっとすると、台湾海峡あたりに根城を構える海賊かもしれなかった。

どれだけ狂暴な連中であろうとも、鶏冠《とさか》を除いてしまえば勝ちは転がりこむ。

「狙いはひとり」

彎刀を手にした首領格の男さえ葬れば、あとは雑魚《ざこ》も同然だ。

「すわっ」

主水之介は膝を繰りだし、間合いを詰めた。

首領の左右から、ふたりの男が斬りかかってくる。

「ふん」

ひとりの素首を薙ぎ、もうひとりの脾腹《ひばら》を剔った。
悲鳴と血飛沫が交錯するなか、首領の握った彎刀が鼻先で刃音を起《た》てた。
――ぶん。
と同時に、手下どもが一斉に躍りかかってくる。
「けやあ……っ」
背後の男を雁金に薙ぎ、真横の男を袈裟懸けに斬りさげた。
鮮血が霧となり、顔に降りかかってくる。
左の掌で顔を拭い、片手斬りで五人目の胴を擦付けに断った。
舞うように助広を振りまわし、さらにふたりを斬りすてる。
混乱する敵中に、首領の顔がみえた。
眉間の金瘡が、生き物のようにのたうっている。
憎悪と恐怖の混じった顔は、鏡に映したおのれの顔だ。
「あいや……っ」
首領は疳高い声を発するや、高々と二間ちかくも跳躍した。
主水之介は胸を反らし、真上を睨みつける。

雨粒が目にはいった。

「殺《シャー》」

投擲された彎刀の切っ先が、鼻先へ襲いかかってくる。

「ぬおっ」

右手一本で弾いた。

その間隙を衝き、鋭い蹴りが飛んできた。

首領の爪先には、犬歯のような刃が光っている。

咄嗟に左手で小太刀を抜き、天に向かって突きだした。

「ぎゃっ」

首領は股間を貫かれ、どしゃっと地べたに落ちてくる。

「うっ」

主水之介は痛みに顔をゆがめた。

左の肩口が、すっぱり裂かれている。

どうやら、蹴りを避けきれなかったようだ。

もちろん、止血する猶予も、痛みを感じている暇もない。

「どせい」

横合いから、肉のかたまりが突進してきた。

宍戸軍兵衛だ。

大上段から頭蓋を狙って、厚重ねの剛刀を振りおろす。

助広で初太刀を弾くや、腕が強烈に痺れた。

「野良犬め、死にさらせ」

宍戸は怒声を発し、大上段から「兜割り」の構えで斬りつけてくる。

「おなじ手は通用せんぞ」

主水之介は深く沈み、独楽《こま》のように回転した。

草を刈る要領で地面すれすれを薙ぎはらう。

助広は雨粒を弾き、鋭く半円を描いた。

――ばすっ。

骨を断つ。

「……あ、あれ」

宍戸は惚けた顔で、おのれの膝もとへ目を落とす。

一歩踏みだした途端、前のめりに倒れてしまった。

丸斬りにされた右脛が、切り株のように残っている。

「……ぬ、ぬひぇええ」

宍戸は血溜まりに這いつくばり、声をかぎりに叫びつづけた。

主水之介はのそりと歩みより、肥えた首根に切っ先を突きたてる。

「ぬへっ」

宍戸は絶命した。

まるで、潰れ蛙のようだ。

生きのこった男たちは戦意を失った。

ところが、逃げるわけにはいかなかった。

主水之介を葬らぬことには命の保証がないからだ。

「ふわああ」

闇雲に躍りかかってくる男たちと、主水之介は修羅の形相で斬りむすんだ。

阿鼻叫喚は雨音に掻きけされ、夥しい鮮血が濠へ流されていく。

断末魔の悲鳴すら聞こえなくなり、ついに、敵は笹山忠一ひとりとなった。

主水之介は刀を車に落とし、肩でおおきく息をする。

肩の傷は深い。頬や二の腕にも金瘡がある。満身創痍《そうい》であった。

「ふふ、よくぞ生きのこったな。千葉道場で名をあげただけのことはある」

笹山は怯《ひる》むどころか、余裕の笑みを漏らす。

月代が濡れるのも構わず、陣笠をはぐりとった。

「わしは長谷部より捷いぞ。つおっ」

やにわに、笹山は死線を越えた。

目にも止まらぬ足のはこび。陣風が雨筋を靡かせ、鼻面に迫ってくるかのようだ。

「石になれ」

と念じつつ、主水之介は眸子を瞑った。

雨音を聞き、相手の息遣いに耳を澄ます。

居合の命は鞘離れの一瞬。しかし、抜き際にこそ弱点がある。

――すちゃっ。

笹山は抜刀した。

「ここだ」

主水之介は沈みこみ、反動をつかって跳躍した。

「なっ」

わずかに遅れ、笹山が本身を薙ぎあげた。

主水之介は、折りまげた膝頭を浅く削られる。

と同時に、左手に掴んだ土塊《つちくれ》を、えいとばかりに投げつけた。

「うぬっ」

仰けぞる笹山を、中空から一刀両断に斬りさげる。

「ぬりゃ……っ」

主水之介が降りたつや、助広の切っ先が固い地面を叩きつけた。

笹山は動かない。

——ずびっ。

鼻梁《びりょう》に沿って、ぴっと亀裂が走った。

「……ま、まさか」

予想を遥かに超える上段の一撃だったのだろう。

笹山は驚いた顔のまま、仰向けに倒れていった。

――どしゃっ。
倒れた衝撃で、顔面が石榴のように割れてしまう。
主水之介はよろめきつつ、一歩踏みだした。
ぐしゃっと、何かを踏みつぶす。
笹山の眼球だった。
「くそったれ」
雨に煙る広小路には、屍骸が累々と転がっていた。
首領の投擲した彎刀が雨に濡れ、土に深々《くく》と刺さっている。
主水之介は彎刀を引きぬき、柄を紐で縊って背負いこんだ。
ふらつく足取りで艀に向かい、使えそうなものはないかと探す。
艫灯《あか》りの龕灯を外し、鉤手《かぎて》の付いた縄梯子《なわばしご》も拾いあげた。
艀に積まれた油樽は、偽装用の樽であろう。
案の定、樽のひとつには、阿片の詰まった麻袋が隠されてあった。
いったい、袋ひとつでどれだけの金額になるのか、想像もつかない。
主水之介は油樽の蓋を開け、無造作に龕灯を抛った。

ついでに、割符も投げすてる。

樽の裂け目から炎が四散し、すぐさま、艀全体に燃えうつった。

「燃えろ、ぜんぶ燃えちまえ」

立ちのぼる炎を背にしつつ、主水之介は漆黒の闇に溶けこんだ。

七

寅《とら》ノ刻を過ぎた。

あと半刻もすれば、夜は明ける。

雨は小雨となり、小石川の役宅を面前にするころには熄《や》んでいた。

肩口に負った金瘡は深いが、充分に戦うことはできる。

死地を脱したことで、気力は横溢《おういつ》していた。

主水之介は練塀に縄梯子を垂らし、苦労してよじのぼった。

塀のうえから敷地内をみおろすと、五稜堂の裏手に篝火《かがりび》が焚《た》かれている。

拷問蔵の正面だ。

物々しい装束の見張りがふたり、警戒にあたっていた。
「蔵に誰か吊されておるな」
あやめではないことを祈った。
音を起《た》てずに塀から飛びおり、立木から立木へ移動する。
五稜堂の陰から、拷問蔵を透かしみた。
蔵の入口から行燈の灯りが漏れている。
ふたりの見張りは知った顔の男たちだ。
片倉銑十郎のすがたはない。
闇与力の薄田監物と野呂源太夫もおらず、劉舜の影もみあたらなかった。
拷問蔵には南京錠が掛けられている。
鍵は見張りが腰にぶらさげているはずだ。
通常ならば、敷地内でこうした警戒はおこなわない。
丑満つを過ぎれば、母屋は寝静まる。
慎重な片倉だけあって、万が一のことを想定したのであろう。
野に放たれた虎を檻《おり》に誘いこむべく、好餌《こうじ》をぶらさげたのかもしれぬ。

となれば、悪党どもは手ぐすねを引いて待ちかまえていることになる。

やはり、拷問蔵にはあやめが囚《とら》われていると、主水之介は判断した。

「くそっ」

あれこれ考えている余裕はない。

ともあれ、見張りをかたづけよう。

片倉は組下に動揺が走ることを懸念し、余計なはなしは告げていないはずだ。

何食わぬ顔で近づき、斬りすてればよい。

躊躇してはならぬ。

五稜組に来なければ、夜盗か辻斬りになっていた連中なのだ。

主水之介は彎刀を背負ったまま、物陰から身を乗りだした。

篝火の側まで近づき、見張りのひとりに声を掛ける。

「冷えるのう。ちょいと当たらせてくれ」

「何だ。誰かとおもえば猪山どのか。うっ」

男は水月《みぞおち》に当て身を食らい、抗う暇もなしにくずおれた。

もうひとりは、気づいていない。

これなら、斬らずに済みそうだ。

「よう、ご苦労さん」

「ん、猪山どのか。その恰好は何事じゃ。まるで、襤褸屑を着込んでおるようではないか。げっ、血の臭いまでする」

「出役があってな」

「何だと、聞いておらぬぞ」

男の不審な眼差しが、背中の彎刀へ向けられた。

「それは何じゃ」

主水之介は応じる代わりに、腰の刀を抜いた。

息もつかせぬ勢いで、男の首筋を断つ。

切断面から、血飛沫がほとばしった。

男は柄に手を掛けたまま、どっと地べたに倒れる。

帯を探って鍵を奪い、素早く蔵の入口に向かった。

手馴れた仕種で南京錠を開け、黴臭い蔵のなかへ忍びこむ。

「……あ、あやめ」

行燈の炎に照らされ、生白い肌が浮かびあがった。
あやめは朱の腰巻一枚で後ろ手に縛られ、大桶のうえに吊されている。
「あやめ、おい」
声を掛けても、ぴくりとも反応しない。
責め苦を受け、気を失ってしまったのだ。
顔は黒い下げ髪に覆われ、表情を窺いしることもできない。
縄目から、ふたつの乳房がはみだしていた。
乳暈《にゅううん》のあたりは赤紫に腫れあがっている。
刃で浅く裂かれた痕跡もあった。
胸や腹に蚯蚓腫れが走っており、青痣も随所にみうけられる。
「あやめ、起きろ、目を醒ませ」
大桶のそばへ駆けより、滑車の綱に手を掛けた。
あやめが、上半身を捩らせる。
水桶の水を掬い、首筋に降りかけてやった。
あやめが覚醒し、ふわっと顔をあげる。

猿轡《さるぐつわ》を嚙まされていた。

罠だと、すぐに察した。

あやめは窪《くぼ》んだ眸子を瞠り、何事かを必死に訴えようとする。

唐突に、人の気配が立った。

「誰だ」

首を捻りかえす。

板の間の奥まったところに、大柄の男が座していた。

「来おったな」

男は腰をあげ、暗がりからぬっと顔を差しだす。

八の字髭の薄田監物であった。

「鬼か」

面相は激変している。

男色の相手だった長谷部騏一郎が死んで以来、薄田は無間地獄の鬼と化していた。

「宍戸と笹山におぬしは斬れぬ。そう、踏んでおった。いや、祈っておったぞ。期待どおり、おぬしは虎穴へ舞いもどってきた」

「女を吊すことはなかろう」

「ふふ、吊しただけではない。甚六と熊吉に命じ、輪姦《まわ》してやったのだわ」

「くそっ、酷いことを」

「ふふ、おぬしは命懸けでその女に惚れた。女をいたぶれば、わしの痛みもわかろうというもの」

惚れた男を奪われた男の怨念は、女にも増して恐ろしい。

「片倉さまはな、わしに機会を与えてくださった。おぬしには、万にひとつも逃げ道はない」

薄田を葬ることができたとしても、敷地内から脱出する方法は閉ざされていた。

母屋からは、監視の目が無数に注がれているのだ。

「よかろう」

もはや、恐怖はない。

憤怒も消え、不思議なほど静謐《せいひつ》な心持ちになった。

ぎぎっと、滑車が軋んだ。

あやめが必死にあがいている。

あがけばそれだけ、縄は肉に食いこむ。

あやめの痛みは主水之介の痛み、あやめの苦悶は主水之介の苦悶であった。

だが、ここであきらめるわけにはいかない。

めげそうな気持ちを殺して叫んだ。

「あやめ、じっとしておれ。すぐに助けてやる」

「ふふ、相当な自信だな。おぬしにわしは斬れぬぞ」

薄田は畳のうえで片膝立ちに構え、白刃を抜いた。

大刀ではなく、小太刀である。

「富田流か」

かつて、谷中感応寺裏手のいろは茶屋へ出向いたとき、主水之介は富田流小太刀を得意とする用心棒を斬った。

「あのときの用心棒は、わしの愛弟子《まなでし》よ」

「何だと」

「金子を渡してあった、野良犬退治のためにな。力量はおぬしと五分とみておったが、そうではなかった。慢心が仇になったのだ。あやつは死ぬべくして死んだ」

薄田は小太刀を右手一本でもち、青眼に構えた。

妖しげに閃く一尺七寸の白刃には、樋《ひ》が深々と掻いてある。

「備前兼光《びぜんかねみつ》じゃ」

本物だとすれば、尋常な斬れ味ではあるまい。

「抜け。兼光が血を吸いたがっておる」

「望むところ」

主水之介は腰を落とし、大刀をずらりと抜いた。

こちらは二尺四寸のそぼろ助広、鎌倉河岸で十人を超える生身の人を斬りすててきた大業物だ。

刃に巻いた血脂は丁寧に拭い、砥石《といし》で寝刃《ねたば》も合わせた。

刃味は鋭いはずだ。

薄田の構えは本物だった。つけいる隙もない。

土間に降りてこられると、面倒なことになる。あやめが斬られてもまずかった。

となれば、先手を打って斬りこむしかないのだが、相手の狙いもそれだった。

土間と板の間との境には段差があり、頭上には太い鴨居が通っている。間口も狭い。身を低くして斬りこんでも、上段から初太刀を浴びせるのは難しい。無論、狭い拷問蔵を死闘の場に選んだのは、小太刀の利点を生かすためだ。どっちにしろ、薄田の優位は動かない。

相手の土俵に誘いこまれたも同然だった。

「野良犬よ、どうする。突くか、それとも、薙ぐか」

やはり、どちらにしても段差と鴨居が邪魔になる。

蛸壺《たこつぼ》のなかで毒虫が身構えているのと同じで、安易に手を伸ばせば即座に咬みつかれてしまうだろう。

薄田は籠手を狙っているなと、主水之介は読んだ。

籠手打ちを回避するためには、相手の意表を衝いて胴を晒し、やはり、上段から斬りかかるしかない。

ふと、おもしろい着想を得た。

主水之介は相青眼に構え、口を開く。

「おぬしの愛人、長谷部の顔は笑っておったぞ」

「ん」

「あの男、死に際で笑っておったのだわ」

粗朶《そだ》のようにちぎれた屍骸を、薄田は目にしたはずだ。

変わりはてた愛人のすがたをおもい、動揺しないはずはない。

兼光の切っ先が震えた。

間隙を逃がさず、主水之介は段差を乗りこえる。

「そいっ」

達人同士の勝負は、一瞬で決まる。

上段から斬りこむや、物打が鴨居に引っかかった。

助広の本身が、ものの見事に杢目《もくめ》へ食いこんでいる。

「莫迦め」

薄田は低い姿勢から、中段突きを繰りだしてきた。

主水之介は助広の柄を手放し、これを横向きで躱す。

躱しきれず、ずばっと腹を裂かれた。

だが、このとき、主水之介は背中の彎刀を抜いていた。

「ふん」

気合い一声、厚重ねの彎刀は、突きだされた薄田の右籠手を断った。

「げっ」

薄田は目を剝き、顎を迫りだす。

切断された右手は小太刀を握ったまま、段差を滑りおちた。

「でやっ」

主水之介は気合いを発し、薄田の素首を斬りおとす。

「ぐおっ」

首無し胴の斬り口から、ぱっと黒い血が噴きだした。

八の字髭の首は土間を転がり、大桶の角にぶつかって止まる。

あやめは五体を震わせ、失禁してしまった。

小便がほとばしり、薄田の顔に引っかかる。

「……くっ」

主水之介は、激痛に耐えた。

裂かれた腹を晒布《さらし》で縛り、どうにか止血する。

大桶に駆けより、あやめの縛めを解いてやった。

「……お、おまえさま」

肌に刻まれた赤黒い縄目の痕跡が、凄惨な拷問の様子を物語っている。

「辛《つら》かったであろうな」

必死に肌をさすりつづけると、血の気が徐々に甦《よみがえ》ってくる。

衣桁《えこう》に掛かった男物の袷を取り、肩からかけてやった。

が、あやめの震えは止まらず、喋ることもままならない。

ただ、蚊の泣くような声で「ありがとう」とだけ漏らす。

「……あ、あやめ、あやめよ」

胸が詰まった。

新たな怒りが湧いてくる。

このとき、主水之介は悪党どもの気配を察していた。

「猪山、出てこい」

案の定、蔵の外から野太い声が呼びかけてくる。

声の主は佐分利流槍術の名手、野呂源太夫であった。

八

――槍は斬るもの。

それが、佐分利流槍術の神髄である。

闇与力最後のひとり、野呂源太夫は鎖鉢巻きを締め、長さ九尺の鎌槍をたばさんでいた。

柄は太い。樫《かし》の芯に竹材を寄せ、蔦《つた》を巻いたうえに漆で固めてある。

二尺一寸の穂先は両刃　両鎬《りょうしのぎ》、口金の近くにも鋭利な副刃が突きだしている。

この副刃で「斬る」のだが、呼び名を「さがり片鎌」という独特の鎌槍は対峙する者を恐怖のどん底に陥れる。

「猪山、よくぞ生きのこった。されど、おぬしの強運もここまでじゃ」

野呂は臼のようなからだを揺すり、大きな口で呵々《かか》と嗤った。

主水之介はあやめを蔵に残し、篝火のそばまで歩を進める。

薄明となり、あたり一面は乳色の靄《もや》につつまれていた。

母屋も五稜堂も靄に沈み、雲上に立っているかのようだ。

冷気が肌を粟立たせ、吐く息も白い。

窒息しそうなほど胸が苦しく、立っているのも辛かった。

だが、怯んだすがたをみせるわけにはいかない。

靄の向こうには、大勢の気配がわだかまっている。

片倉率いる野良犬どもが固唾《かたず》を呑み、勝負の行方をみまもっていた。

「本日、われら五稜組は雑司ヶ谷感応寺へ参じ、破戒僧日啓の素首を頂戴する。その戦功をひっさげ、片倉さまはご昇進なさる。おぬしとの勝負は前祝いの宴《うたげ》じゃ。薄田監物は前座をつとめたにすぎぬ。ここから宴はたけなわよ」

野呂は快活に口上を述べ、鎌槍をぶんと旋回した。

鎧甲《がいこう》こそ纏っていないものの、戦国の荒武者が忽然とあらわれたかのようだ。

主水之介にとっては、まさしく、ここが正念場となろう。

たしかに、槍術の研鑽《けんさん》も積んではきた。

みなから「南町の龍」と恐れられた吉見彦三郎を相手に、何度となく槍を合わせた。

吉見も佐分利流槍術の名手だった。突くのではなく、斬るという流派の神髄は理解しているつもりだ。しかし、稽古場では一度も吉見に勝ったことがなかった。

野呂の実力は吉見と同等か、それ以上とも聞いている。

「死ぬな、おれは」

こんどばかりは、匙《さじ》を投げるしかない。

正直、あれこれ考えることにも疲れていた。

いっそ死んでしまえば、どれだけ楽なことか。

「主水之介さま……」

背中に、あやめの声が掛かった。

振りむかずともわかる。祈ってくれているのだ。

「……死んではだめ。どうか、生きてくださいまし」

胸の奥底から、泉のように力が湧きだしてくる。

惚れた女の励ましは、どんな薬にも代えがたい。

「やったろうじゃねえか」

主水之介は彎刀を地に突きさし、腰の助広を抜きはなった。

「その意気だ。武辺者の底意地をみせてみよ」

野呂は口端に笑みを湛え、間合いをじりっと詰めてくる。

——すわっ。

主水之介は土を蹴った。

助広を車に構え、乱れ髪を靡かせながら駆けぬける。

野呂は頭上で鎌槍を旋回させ、ぴたっと青眼の位置に止めた。

二の腕が瘤《こぶ》のように盛りあがり、朝露の玉を弾いている。

「くわっ」

主水之介は撃尺の間合いに躍りこみ、中段から突きを繰りだした。

「猪口才《ちょこざい》な」

穂先で軽くあしらわれ、逆しまに副刃が襲ってくる。

さがり片鎌の鋭利な刃が風を孕み、臍下《ほぞした》を擦付《すりつ》けに薙ぎはらった。

「うっ」

身をくの字に曲げた途端、腹に激痛が走った。

薄田に裂かれた傷口が、ぱっくり開いたのだ。

二合、三合、四合と、鋼同士が激突を繰りかえす。
一打の衝撃は重く、主水之介は何とか防ぐことしかできない。
野呂は器用に柄を旋回させ、石突きのほうでも攻めてくる。
鉄板の巻かれた石突きで打擲《ちょうちゃく》されれば、肉は潰され、骨も砕かれるにちがいない。
「おうら、まだまだ」
野呂は腰を溜め、突きの連続技を仕掛けてきた。
けら首をまわし、副刃でも絶妙な斬り技を繰りだす。
そうかとおもえば、打擲も狙ってくる。
まさしく縦横無尽、佐分利流の凄まじい槍捌《さば》きであった。
打ちあうたびに火花が散り、四肢に強烈な痺れが走る。
わずかでも気を抜けば、命はあるまい。
主水之介は、反撃の糸口すらみつけられなかった。
端からみれば、傀儡《くぐつ》のように踊らされている。
槍と刀とでは、やはり、尺に差がありすぎた。
「遊びは仕舞いじゃ。そりゃ……っ」

鋭い穂先が風を裂き、首筋へ伸びてきた。

紙一重で躱したものの、副刃で頬を裂かれた。

「得たり」

石突きが、撓《しな》りながら襲いかかってくる。

「獲《と》ったあ」

野呂は吼えた。

刹那、主水之介は跳躍する。

まさに、羽が生えたかのようだった。

信じがたい高さへ舞いあがり、石突きの打擲を爪先で躱す。

「こやつめ」

野呂は長柄を旋回させ、穂先を天に向けた。

主水之介は中空で助広を振りかぶり、大上段から斬りさげる。

——がしっ。

火花が散り、副刃が根もとから折れた。

「なっ」

野呂はうろたえつつも、副刃の欠けた穂先を突きだす。

遅い。

主水之介は穂先を小当たりに弾き、滑るように身を寄せた。

「どせい……っ」

助広の平地を寝かせ、下段から斜めに薙ぎあげる。

「うっ」

ずばっと胸板を裂かれ、野呂は前歯を剝いた。

皮膚の亀裂から、肋骨がぼんと飛びだす。

それでも、野呂は倒れない。

愛用の槍を握り、仁王立ちしている。

「ぐはっ」

突如、血のかたまりを吐いた。

臼のようなからだが、大の字になって後ろに倒れていく。

主水之介は片膝を地に落とし、長々と息を吐きだした。

しかし、戦いはまだ終わったわけではない。

野呂の断末魔が消えたところへ、別の男の声が重なった。

「ほほう、これは驚いた。闇与力五人を討ちはたすとはな」

こんどこそ、真打ちの登場である。

片倉銑十郎が捕り物装束に身を固め、靄の向こうからあらわれた。

剣客どもを束ねるだけあって、威風堂々とした物腰だ。

長身痩軀《そうく》のからだが、倍にも膨らんでみえる。

野呂の屍骸など一顧だにせず、片倉はゆったり歩を進めてきた。

「どうじゃ。わしに靡かぬか」

と、意外にも誘ってくる。

「おぬしは死に体も同然じゃ。なれど、決断次第では命を助けてもよい。金でも地位でも、欲しいものはくれてやるぞ」

片倉は無表情で述べたて、右手をさっと振りあげた。

これを合図に、餓えた野良犬どもが飛びだしてくる。

数は三十、いや、四十人は優に超えていよう。

血走った眸子をみればわかる。みな、出世の手蔓を摑もうと必死なのだ。

「どうする、猪山主水之介。刀を捨てて頭を垂れれば、それで仕舞いじゃ。すべてを水に流そうではないか」

片倉は鷹揚に構えつつも、陣笠のしたで眼光を炯々とさせた。

「見損なうなよ」

堂々と応じる主水之介に迷いはない。

「片倉銑十郎、おぬしを斬る」

殺気を漲らせ、かっと痰を吐いた。

「ぶはは、聞いたか、長兵衛」

片倉の呼びかけに応じ、町人風体のひょろ長い男が歩みでた。

「あっ、おぬしは……」

主水之介は身を乗りだす。

「……曼陀羅屋長兵衛か」

悪党のなかの悪党、あやめの心をずたずたにした張本人が鼻先に近づいてきた。

長兵衛は頬に笑みを湛え、蜥蜴目を細める。

「片倉さま。お手を汚すことはありやせん。あの野郎は、あっしが殺りまさあ」

感情もみせずに言い、手にした洋弓の弦をべんと弾いてみせた。

「鏑矢《かぶらや》か、それもよかろう。されど、ここはまかせておけ」

片倉に命じられ、長兵衛は素直に退《の》いた。

替わりに、野良犬どもが圧しだしてくる。

「者ども、やれ、あやつを血祭りにあげよ」

片倉の命が静けさを裂いた。

「どあああ」

地鳴りのような喚声とともに、足もとが大きく揺れた。

九

濛々と土煙が巻きあがる。

「わしが一番槍じゃ」

鬼の形相で迫りくる男の素首を薙ぎ、別の男の咽喉を串刺しにする。

生暖かい鮮血が、ざっと頬に降りかかった。

主水之介は踵を返し、あやめのもとへ走る。

「こっちに来い」

よろめくあやめの手を引き、五稜堂のほうへ駆けだした。

拷問蔵に籠もる手もあるが、火を放たれたら一巻の終わりだ。

五稜堂の伽藍ならば、しばらくのあいだ、凌げるかもしれない。

駆けながら、彎刀を地べたから引きぬいた。

「ひゃっ」

あやめが転倒する。

「逃げて、わたしにかまわず」

「阿呆」

懇願するあやめを肩に担ぎ、猛然と走りだす。

前後左右から、無数の白刃が突きだされてきた。

唯一の味方は靄だ。

靄に蠢く影を斬る。片っ端から斬りまくる。

敵のなかには、小者の甚六と熊吉もいた。

容赦なく首を刎ね、胴を薙ぎすてる。

「ひぇええ」

耳をふさぎたくなるような断末魔が響いた。

血煙の舞う隧道《ずいどう》を、主水之介は脇目も振らずに駆けぬける。

野良犬どもは寄ると触ると刃に懸かり、薙ぎたおされていった。

「くったれめ、斬れ、斬りすてろ」

罵詈《ばり》雑言《ぞうごん》が溢れ、死体の山が築かれていく。

主水之介は幅広の彎刀を振るい、右手一本で戦いつづけた。

背に負ったあやめのからだは軽い。羽毛を纏っているかのようだ。

「せいや」

六尺余りの巨漢が、泡を吹きながら躍りかかってくる。

剛刀の切っ先で、しゅっと鬢を掬われた。

躱すと同時に、彎刀を叩きつける。

「ぬぎゃっ」

巨漢の頭蓋が、まっぷたつになった。

彎刀の刃には、血脂がぎっとり巻いている。
もはや、人を斬るための道具ではない。
頭蓋を鉈割りにし、頸骨《けいこつ》を粉微塵《こみじん》に砕く。
そうやって、主水之介は奮戦した。
敵の陣容を目にしたならば、戦意を喪失してしまったことだろう。
靄はすべてを覆いかくしてくれた。
目睫《もくしょう》に迫る敵のみを斬り、叩きつぶせばよいのだ。
五稜堂の入口で、主水之介は彎刀を投げすてた。
あやめを担ぎなおし、身ごと伽藍へ飛びこむ。
板の間を駆けぬけ、須弥壇のところまで達した。
武神の毘沙門天が、憤怒の形相で睨みつけている。
「たのむ、力をくれ」
もはや、神頼みしかない。
「それ、鼠が囲いにはいったぞ」
獣どもの雄叫びが、堂内に雪崩《なだ》れこんでくる。

修羅場であった。

これが夢ならば、一刻も早く醒めてほしい。

あやめを本尊の背後に隠し、主水之介は助広を抜いた。

「灯りを、誰か灯りをもて」

叫びあげる野良犬めがけ、猛然と斬りこむ。

「ぎぇっ」

板の間に屍骸が転がった。

毘沙門天の聖域に、血腥い臭気が膨らんでいく。

「死ね」

野良犬どもは口々に喚き、白刃を殺到させた。

背中を浅く斬られ、頰をざっくり剔られる。

今さら、痛みなど感じない。

満身に金瘡を負っているのだ。

「いやっ」

無精髭の男が、横腹へ管槍を突きだしてきた。

すかさず躱し、逆しまに男の咽喉笛を斬りさく。

「ぐはっ」

奪いとった管槍で、背後に迫った男の胸を貫いた。

別の男の脛を薙ぎ、股間を狙って刺突する。

主水之介は白刃の林を縫い、修羅のごとく舞った。

一本でも腕が残っておれば、闘うことはできる。

だが、体力の限界は確実に近づいていた。

「……こ、これまでか」

あきらめた途端、全身から力がすっと抜けた。

こうなったら、あやめの咽喉を突き、自刃するしかない。

「それもよかろう」

本尊のほうへ踏みだすや、虫籠窓の隙間から曙光《しょこう》が射しこんできた。

「日の出か」

眩いばかりの光を浴び、毘沙門天がのっそり動きだしたやにみえた。

気づいてみれば、伽藍のなかは静まりかえっている。

「……ど、どうしたというのだ」

何やら、外が騒がしい。

遠くのほうで、馬も嘶《いなな》いている。

助広をだらりと提げたまま、五稜堂から外へ出た。

靄は晴れ、あたり一面に屍骸が累々と散らばっている。

おのれの犯した殺生に、主水之介は慄然となった。

「捕り方だ。捕り方がやってきたぞ」

横合いから、野良犬たちの声が聞こえてくる。

「……と、遠山さま」

間にあってくれたのかと、胸につぶやく。

刹那、一本の鏑矢がひゅるっと風を切った。

矢は精緻な軌跡を描き、主水之介の右肩に突きたつ。

「ぐっ」

仰けぞり、踏みとどまった。

鏃《やじり》は右肩を貫通し、背中から飛びだしている。

矢柄を折り、息を詰め、切っ先を引っこぬいた。

「うぬっ」

激痛に顔がゆがむ。

正面をみやれば、曼陀羅屋長兵衛が二の矢を番《つが》えていた。

「でやああ」

主水之介は獅子吼《ししく》し、二十間余りを駆けぬける。

長兵衛は洋弓を捨て、腰の段平を抜きはなった。

「死にぞこないがあ」

だが、昂然《こうぜん》と振りおろされた段平は虚空を斬る。

「ふん」

主水之介の影が交錯した。

擦れちがいざま、長兵衛の素首は宙に高々と飛ばされた。

首無し胴は血を噴きあげ、湿った土のうえにくずおれる。

素首は地べたを転がり、野良犬の屍骸に紛れこんだ。

「残るは片倉銑十郎ひとり」

あきらめかけた気力が戻り、四肢を動かす。

主水之介は、助広の血脂を裾で拭いとった。

十

今や、主水之介を注視する者とていない。

生きのこった野良犬どもは混乱し、右往左往している。

捕り方の連中は壁に梯子を掛け、塀を乗りこえつつあった。

片倉銑十郎はただひとり、母屋の奥へ逃がれていく。

「待て」

主水之介は、疾風のように追いかけた。

どうあがいたところで、片倉は逃げおおせまい。

ふたりが対峙したところは、離室へ通じる濡縁の手前だった。

音に聞こえた信抜流居合の達人は、悄然《しょうぜん》とした面持ちで待ちかまえていた。

「猪山主水之介か。ふん、おぬしはとんだ疫病神よ。されど、わしは斬れぬぞ」

「どうかな」

駆け引きをしている余力はない。

主水之介は相打ち覚悟で、敢然と斬りかかった。

「いやっ」

片倉は沈みこみ、腰反りの強い刀身を鞘走らせる。

ずばっと、胸を薙がれた。

と同時に、助広の物打が相手の月代に引っかかる。

「ぬおっ」

片倉はうろたえた。

見切ったはずの刃が、脳天に落ちてきたのだ。

主水之介の一撃には、逝った者たちの恨みが籠もっている。

それゆえ、捷さも強さも、片倉の想像を超えた。

が、主水之介は胸を斬られた。

腕に力がはいらない。

斬れ、圧《へ》し斬るのだ。

朦朧《もうろう》とする意識の狭間《はざま》へ、武芸者の本能が呼びかけてくる。

「ぬおっ」

主水之介は二の腕に力を籠め、乗りかかるように荷重をかけた。

ぶっと、血が噴いた。

白刃は月代に喰いこみ、一寸、二寸と頭蓋を割っていく。

「……ぐ、ぐぎゃああ」

片倉は絶叫をあげた。

ついに、やったのか。

助広を引きぬき、ほっと息を吐く。

力を弛めたところへ、最後の一撃が襲いかかった。

片倉が血塗れの顔を引きあげ、股間に白刃を突きだしたのだ。

「ふほっ」

主水之介は、太腿を浅く斬られた。

つぎの瞬間、助広を真横に薙ぎはらう。

右腕が宙へ飛び、鎌のように旋回した。

「ぬぐっ」

片倉は地べたに這い、芋虫のように胴を引きずる。

そして、虚ろな双眸を瞠ったたま、ことされた。

「猪山、生きておるか」

声のするほうに顔を向ければ、岡崎新左衛門が駆けてくる。

「片倉銑十郎を殺《や》ったのか」

「……は、はい」

「でかしたぞ」

岡崎は褒め、肩を貸してくれた。

「踏んばれ。今から、御奉行のもとへ伺候するぞ」

遠くのほうで、毛並みも艶やかな黒鹿毛《くろかげ》が闊歩《かっぽ》していた。

陣笠姿で颯爽《さっそう》と跨《また》がっているのは、奉行の遠山金四郎である。

遠山の背後に翳されているのは、無数の御用提灯にほかならない。

「みろ、あの錚々《そうそう》たる陣容を。これが遠山さまの初仕事だぞ」

今や、野良犬どもは馬上の主に平伏していた。

黒鹿毛は嘶き、下々を睥睨するかのごとく竿立ちになる。

「どう、どう」

遠山は愛馬をなだめ、落ちつかせようとしていた。

「猪山、おぬしが一番手柄じゃ」

岡崎にどれだけ褒められようが、嬉しくも何ともない。

今はただ、眠りにつきたかった。

十一

翌年、天保十二年閏《うるう》一月、徳川家斉は没した。享年六十九歳であった。

水野忠邦は家斉の死を待っていたかのように、大奥の粛正をおこなった。

お美代の方の実父日啓は女犯の破戒僧として捕縛され、雑司ヶ谷の感応寺は廃寺となった。西ノ丸派と称された大御所の側近勢力も、若年寄の林忠英を筆頭にことごとく失脚の憂き目をみた。

早苗《さなえ》を植える芒種《ぼうしゅ》のころ、江戸は暦どおりの梅雨を迎えた。

鉛色の雲が垂れこめるなか、将軍家慶の誕生祝賀に際して、天保の改革令が布達された。

水野の主導であらゆる締めつけ策が打ちだされ、殷賑をきわめた両国広小路からも見世物小屋がひとつのこらず消えてしまった。これを手はじめに、歌舞伎に関わる者たちへの弾圧や寄席の制限などがおこなわれ、隠売女の廃止や出版物の統制や奢侈《しゃし》の禁止などというふうに、市井への締めつけは厳しさを増していった。

「こいつは考えもんだぜ」

場末の酒場で愚痴をこぼすのは、町人髷の遠山金四郎である。

話相手の主水之介は、むさくるしい浪人風体に変わっていた。

北町奉行所へ復帰せぬかという金四郎のありがたい誘いを断わり、この一年余り、風来坊同然の暮らしを送ってきたのだ。

「御政道にゃ、加減てえもんが必要だ。甘すぎてもいけねえし、辛すぎてもだめだ。そのへんの匙加減を知っている人物が、今の公儀にゃいねえな」

金四郎は酔いにまかせ、水野忠邦を散々にこきおろす。

「水野さまは、世間の動きってもんがわかってねえ。はっきりいやあ、箸にも棒にも掛からねえ石頭野郎さ。な、おめえもそうおもうだろう」

主水之介には、わかっている。

ひとたび江戸町奉行の立場に戻れば、金四郎といえども老中の水野に弓を引くことはできない。こうして居酒屋に入りびたり、明け方まで管を巻くことで憂さを晴らしているのだ。

昨今では、本丸目付の鳥居耀蔵との確執も取り沙汰されている。

江戸菱垣《ひがき》廻船積十組問屋などを対象とした株仲間解散令なるものが評定の場に取りあげられ、金四郎は右の懸案を強力に推進する水野に反撥《はんぱつ》していた。双方の対立を煽っているのが、水野の片棒を担ぐ鳥居であった。金四郎にいわせれば、鳥居は「天敵」なのだ。

「片倉銑十郎が生きていりゃな」

ぽろりと、金四郎はこぼす。

主水之介は、苦い顔をつくった。

毎度のことだ。片倉を斬らずに捕縛すれば、鳥居自身の悪事への関与が白日のもとに晒されていたかもしれない。なぜ殺しちまったのかと、金四郎はねちねち責めたててくる。

「ここだけのはなし、鳥居はもうすぐ南町奉行に推挽《すいばん》される。そうなりゃよ、益々、市井の暮らしは窮屈になるぜ」

金四郎は、世の中の暗い流れをどうにかして食いとめたい。なかでも、金の流れを停滞させる株仲間の解散令については、水野に出仕遠慮を申しわたされようとも断固反対の立場を貫くつもりらしかった。

主水之介はしかし、御政道にはまったく関心がない。

岩場の蔭に隠れ、激流から身を避けるように生きている。

金四郎はくっと酒を呷り、はなしを変えた。

「それにしても、よかったなあ」

「え」

「あやめのことだよ」

端午の節句も過ぎたころ、ようやく、あやめは正気に戻った。

拷問蔵に吊されてから一年余り、あやめは主水之介とともに、再生への長い道程を歩んできたのだ。

骨の髄まで染みこんだ阿片の毒を抜くためには、手段を選んでなどいられなかった。あやめが狂わんばかりに泣きわめいても、雁字《がんじ》搦《がら》めに縛りつけ、ときには打擲することも厭《いと》わず、ふたりでがんばりぬいた。

壮絶な闘いの日々を知るだけに、金四郎はあやめの快癒を心から喜んでくれた。

「ちょうど、花菖蒲《はなしょうぶ》も満開じゃねえか、なあ」

洒落好きの江戸っ子は菖蒲に「尚武」を掛け、端午の節句には男児の健やかな成長を願って兜飾りを設える。虫除けの効能も期待しつつ、菖蒲湯を焚き、菖蒲刀でからだを打ちあう。

与七の銭湯でも、菖蒲湯が焚かれた。

主水之介は祝儀をおひねりにして番台の三方へ載せ、あやめといっしょに湯に浸かった。

浴衣姿のまま、ひさしぶりに、ふたりで入相《いりあい》の往来を散策した。

ふと、商家の軒下をみやれば、菖蒲が可憐な花を咲かせている。

「おもうこと軒のあやめに言問わん、かなわばかけよささがにの糸」

あやめは真剣な顔でつぶやき、花のそばに屈みこんだ。

女児の遊びにある「菖蒲の占《うら》」だ。呪文を唱えて祈り、軒下に咲く菖蒲に蜘蛛の巣が掛かっていたら、あらゆる願いは成就されるという。

「あっ、蜘蛛の糸」

あやめは、嬉しそうに叫んでみせた。

そのとき、主水之介は愛しい女の快癒を確信したのである。

十二

菖蒲月もなかばを過ぎると、江戸は蒸し風呂のようになる。

人々は団扇《うちわ》片手に縁台で夕涼みをおこない、流しの新内《しんない》や常磐津《ときわず》の美声に耳をかたむける。酸漿《ほおずき》売りや心太《ところてん》売りなど、涼を売る棒手振《ぼてふ》りもめだつようになる。

月末、両国の川開きが高らかに宣言された。

日暮れ前から、花火見物の屋根船が颯爽と大川へ漕ぎだしていく。

宵の口、主水之介はあやめを連れ、花火見物に繰りだした。

岡っ引きの与七が顔を利かせ、日除け船を仕立ててくれたのだ。

頬被りをした船頭は余計なことを喋らず、巧みに棹を操ってみせる。
川筋の桟橋から漕ぎだすと、すでに、川面は大小の船でぎっしり埋まっていた。
芸者は三味線を爪弾き、幇間は滑稽踊りを披露し、酔客どもは笑い興じている。
貧富の差も、身分の差も、川のうえでは無きにひとしい。
船上は無礼講、どれだけ騒ごうが咎めだてする者はいない。
うろうろ船が漕ぎよせ、水菓子はいらぬかと声を掛けてくる。
主水之介がやんわり断わると、あやめは戯けたように口を尖らせた。
「ほら、あれ。まるで、星のよう」
川岸に居並ぶ茶屋の絵灯籠を眺め、あやめは瞳を輝かせる。
心底から、嬉しそうだ。
主水之介は、得も言われぬ幸福に浸っていた。
ぼんと花火が打ちあがり、漆黒の空に大輪の花を咲かせる。
「たまやあ」
川のそこらじゅうから合いの手が掛かり、人々は鉦《かね》や太鼓で囃《はや》したてる。
闇夜を彩る大輪の花は、あやめの恢復を祝っているかのようだった。

ふたりは、ときの経つのも忘れていた。

「おまえさま……」

あやめがぎゅっと手を握り、耳に囁きかけてくる。

「……ありがとう」

主水之介は、くすぐったいような心持ちになった。

と、そのとき。

小さな日除け船に、尋常ならざる殺気が膨らんだ。

「ん」

艫を振りむけば、船頭が頬被りを外し、こちらを睨みつけている。

――ぼん。

花火が打ちあがり、船頭の輪郭を浮かびたたせた。

矮軀《わいく》の男だ。左耳を欠いている。

「おぬし、劉舜か」

「けへへ、ご明答」

主水之介はあやめを背に庇《かば》い、大刀の柄に手を掛けた。

小石川での斬撃以来、愛刀のそぼろ助広は封印している。

「腕が鈍ったんじゃねえのか、え、猪山主水之介」

「今さら、何の用だ」

「おっと、御挨拶だな」

阿片をめぐる国同士の熾烈《しれつ》な戦いは、清国が英国に屈服するかたちで一応の決着をみていた。ところが、戦いの混乱を契機に夥しい流民が溢れ、日本へも数多の唐船が隠密裡に航行してくるようになった。

密航船の多くは阿片を積んでいる。

劉舜のごとき悪党の活躍する余地は、充分に残されていた。

「曼陀羅屋の替わりなんざ、いくらでもいる。だがな、おめえだけは別だ。おれは執念深《ぶけ》え男でな、邪魔者は始末しなくちゃ気がすまねえ」

劉舜が懐中へ右手を差しいれた。

三日月のかたちをした凶器が、きらっと閃く。

「この間合いなら、まず、外さねえぜ」

艫までは二間ある。

抜刀しても届かない。
飛び道具には、かなうべくもなかった。
しかも、劉舜は十間以上の間合いから、正確に的の首を狙うことができる。
「さあ、どうする」
劉舜が唇もとを嘗めた。
良い思案など浮かんでこない。
刹那、背後のあやめが動いた。
船縁から川へ飛びこんだのだ。
「あっ」
劉舜が叫んだ。
間隙を逃がさず、主水之介は抜刀した。
――ぎゅるん。
三日月の刃が闇を裂き、咽喉もとへ襲いかかってくる。
主水之介は避けもせず、助広の棟区で弾きかえした。
と同時に、むささびのように飛びかかる。

「でやっ」

乾坤一擲《けんこんいってき》、白刃を振りおろした。

大上段からの一撃だ。

主水之介とて、狙った獲物は外さない。

「んぎゃ……っ」

劉舜は袈裟懸けに斬られ、川に落ちていった。

――ばしゃっ。

水飛沫が筒となって立ちのぼる。

刹那、ひときわ大きな花火が夜空に弾けた。

川面には、真っ赤な波紋がひろがっていく。

花火に目を奪われ、気づいた者とていない。

「あやめ」

呼びかけると、船縁からひょいと頭が浮かんだ。

「無事か」

「はい」

藻のようなさげ髪が白い頬に張りつき、あやめの姿態を凄艶にみせる。

濡れたからだを船上に救いあげ、主水之介は骨が軋むほど抱きしめた。

「おまえさん、ずっと……」

しゅるるっと花火が打ちあがり、あやめの声を掻きけした。

「……ずっと、こうしていて」

聞こえなくとも、わかる。

いつまでも、おまえのことを抱いていよう。

あやめの潤んだ瞳のなかで、大輪の花が鮮やかに散った。

解説

ペリー荻野

「闇同心そぼろ」を読了した方、特にたった今読み終わったという方は、大詰めのすさまじい激闘に身も心も熱くなっていることと思う。主人公の闇同心そぼろこと猪山主水之介が、血の海となった現場で次々と強敵をなぎ倒す。なぎ倒すなどという生易しいものではない。首をはね、胴体を破り、足も手も斬り飛ばす。目にもとまらぬ速さで続く剣戟《けんげき》の描写、誰が敵か味方かわからない恐怖。本作には、作者がもっとも得意とする闇の世界が深く暗く広がっている。

　定橋見廻り同心である主水之介は、丈六尺という大男。三つ紋付きの黒羽織、四角に締めた博多帯には朱房の十手を差している。仲間内での呼び名は「そぼろ」。

呑んだくれだった父が唯一遺してくれた形見の刀「そぼろ助広」に由来する名前だった。どこか人生に倦《う》んでいるようなこの男が、やがて、闇同心となり、日本を揺るがしかねない事件に巻き込まれていく。

この小説で注目したいのは、そぼろの前に次々現れる女たちである。女の描写は時代小説を面白くする大事な要素。本作では、事件の鍵をもたらすのは日蔭に生きる女たちだ。ここがうまい。

第一に出てくるのは、白首のみつだ。主水之介にとっては女の土左衛門の腐臭を忘れるために浴びるほど呑んだあとに遊んだゆきずりの女だったが、おみつに勧められて吸った水煙草に意識が飛んだ異様な体験と、女がささやいた「極楽浄土」という言葉は、後々重要な意味を持ってくる。

次に出てくるのは、同役だった坂木玄之丞の情死について語る歌比丘尼だ。菰《こも》を抱えて体を売る下層の私娼である歌比丘尼は、川縁で抱き合った男女の屍骸を発見。「男のほうは仔牛ほども膨れ、首に女の黒髪を巻きつけていた」と証言する。これが夢見る町娘だったら、キャーキャーと騒ぐばかりだっただろう。七年もの飢饉で、おそらく多くの悲惨な死を見てきた歌比丘尼だったからこそ、腐臭を放つ屍骸を冷静に見つめることができたのだ。女の証言が気になった主水之介は、死体をしっかりとあらためようとするのである。

そこで目にする第三の女おまき。坂木の情死相手は痩せこけ、付け鼻をしていた。女に見覚えがあった主水之介は、瘡《かさ》にかかり、鼻の軟骨が欠けた娼婦だと見当をつけるが、そのおまきが大奥にいたという情報が入り、事件にただならぬ気配が漂ってくる。

そして、おまきの名前を知らせた主水之介の運命の女あやめ。二十代半ばで「淡雪のように白く、儚さを感じさせる」女に一瞬にして魂を抜かれた主水之介は、坂木が止めるのも聞かずに追いかける。「あやめという女の魔性に魅せられたのだろうか。どうあれ、ここで逃してはならぬとおもった。真っ白な頭で、暮れなずむ往来を眺めわたす」。しかし、女の姿はない。その後、まもなく再会するのだが、まじめな商人を骨抜きにするほど妖艶な手練手管を持つ美しい女は、事件の核心にいるとわかってくる。それでも主水之介は、悪の花に吸い寄せられずにはいられない。だが、危険が迫ったと見るや、あやめは最重要証拠物件を握ったまま、姿を消した。

小説の中のいい女は必ず姿を消す。これは私が勝手に見つけた法則だが、いい女は男に自分を追わせ、再会の感動という強烈なパンチをくらわす。相手を虜《とりこ》にする術《すべ》だとわかっていても男ははまる。主水之介もメロメロだ。裏を返せば、いつもの場所でにこにこしているようでは、いい女とは呼べないのである。女性読者としては、なんだか複雑。だからというわけではないが、私はいつもの場所でにこにこと主水之介を待つ、辰巳芸者のおしま姐さんが好きだ。

櫓下《やぐらした》の茶屋「若松」の一階の離室《はなれ》。主水之介はおしまの膝枕でぼんやりしている。おしまは三味線ひと筋の白芸者で気遣いのできる賢い女。主水之介のほうが気に入って声をかけ、深い仲になったのである。茶屋の払いも女との逢瀬も十手の威光で金は払わないですむ。主水之介はそんな日々では自分がだめになると自覚している。流転の中で、おしまといっしょになって長屋で傘貼りでもしながら、貧しくもまっとうに暮らす生き方もふと頭をよぎる。しかし結局は、あやめのいる修羅場へと突き進んでいくのである。

男の身勝手。置いていかれたおしまの立場で主水之介を見たとき、まったく違う顔が浮かんでくる。気遣いができる賢い女は、主水之介が自分と安穏な暮らしを選ぶことなどありえないと知っていたはずだ。こんないい姐さんを置いていくとは、もったいないことをしたものだ。

もうひとり、主水之介と直接関わることはないが、重要な役割を担う女が出てきた。

お美代の方である。

第十一代将軍徳川家斉の晩年の愛妾で、その寵愛をいいことに御政道へも容喙《ようかい》する女。お美代の方は四十人ともいわれた家斉の側室ライバルを蹴落としたやり手だ。それだけでも十分いいキャラクターだが、彼女の背景には、お美代の美貌に目をつけて養女にし、大奥に送り込んだ中野清茂と、実父の日啓がいる。

お美代の方については、さまざまな悪女伝説が残っている。

天保の大飢饉の真っただ中、家斉におねだりして感応寺を建立。将軍家の祈禱所とし、実父の日啓を住職にした。また、お美代の方は、溶姫、仲姫（夭逝）、末姫の三人の姫を生み、溶姫は加賀前田家に、末姫は広島浅野家に嫁がせていた。そこで溶姫が生んだ前田慶寧を次期将軍にしてほしいと家斉におねだり。家斉の遺言書を偽造しようとした⁉　なんてウワサまである。悪すぎて痛快なくらいだ。

庶民にとっては、雲の上の陰謀話だが、お美代の方一派と対立することになったのが、老中水野忠邦である。飢饉と不作と将軍家斉の無策で幕政はボロボロ。その水野の下にいたのが鳥居耀蔵だった。血も涙もない人物と評される鳥居は、綱紀粛正のため腕のたつ剣客を集めているという。北辰一刀流の凄腕を持て余す主水之介は「そのような人物を嫌悪しつつも、一方では、斬り捨て御免のお墨付きを与えられた立場で存分に暴れてみたいという渇望がある」のだった。そもそもはそれが、主水之介を闇同心にするきっかけではないか。そして、こんな改革が必要とされる大本をたどれば、やっぱり将軍の座に五十年も君臨し、権力に固執した徳川家斉とその横にいる稀代の悪側室ではないか。もしもお美代の方という女がいなかったら、事態はまったく違っていたはずだ。

さて、ここからは多くの女の毒と男たちの血が流れた主水之介の事件の後日談ともいうべき話。

第四章で死闘を制し、満身創痍の主水之介は、駆けつけた吟味方の岡崎新左衛門に「おぬしが一番手柄じゃ」と褒められてもうれしくもなんともなかったが、金四郎こと遠山景元は「遠山さまの初仕事」といわれた大捕物で、見事町奉行としての存在をアピールした。しかし翌年、家斉が亡くなり、いよいよ水野忠邦がトップに立つとさすがの金四郎もやりにくくなる。水野はさっそく大奥を粛正。お美代の方の実父日啓は女犯《にょぼん》の破戒僧として捕縛され、感応寺は廃寺となった。

さらに水野が次々打ち出したのは徹底した「奢侈禁止」だ。高価な呉服や飾り物はもとより、女浄瑠璃、女髪結い、庭石に石灯籠、商店の看板の金箔やビロードの鼻緒まで禁止とは事細かい。なんと身体に彫り物をすることも禁止に。これには金四郎も閉口したはず。なにしろ遠山の金さんといえば、背中の桜吹雪の彫り物が有名だ。時代劇では「おうおうおう」と白洲で啖呵をきって桜吹雪を見せつけて、悪党たちをぎゃふんと言わせる名奉行として描かれてきた。実際の金四郎の彫り物は桜吹雪ではなく、女の生首だったなんて話もあるが、いずれにしても若いころは結構な遊び人だったという金さんが水道橋あたりの魚釣りから、路上の花火、矢場も縁台での将棋・囲碁まで禁止するご老中のやり方に従いたいわけがない。本書でも町人姿になった金四郎が居酒屋で「はっきりいやあ、箸にも棒にも掛からねえ石頭野郎さ」と水野の悪口を言う場面が出てくる。おまけに鳥居は虎視眈々と町奉行の座を狙い続けているという。金四郎にとっては「天敵」の動きからも目が離せない。

なお史実によると金四郎は水野の「寄席廃止」に反対。なんとか全廃だけは回避している。庶民には慕われたが、老中には疎まれたようで、天保十四年（1843）、金四郎は突如、町人の暮らしとは関係ない閑職の大目付にさせられてしまった。対して天敵鳥居は天保十二年（1841）南町奉行になっていた。

とはいえ、「初物禁止」で将軍様まで大好物の新生姜が食べられないというやりすぎ改革には限界がきた。幕府内部でも反水野勢力が強まり、やがて水野は失脚。屋敷には石を投げつけられたといわれる。すごいのは水野劣勢を見て取った鳥居がいつのまにか反水野に寝返っていたことだった。さすが妖怪とあだ名された男だけはある。ところが、短期間ながら水野は再び老中に復帰。裏切り者は許さないとばかりに鳥居は罷免され、裁判にかけられる。鳥居一味も捕らえられ、処罰された。この後、金四郎は弘化二年（1845）、南町奉行に就任している。

皮肉にも遠山景元は、安政二年（1855）没。それに対してお美代の方は明治五年（1872）、鳥居は丸亀に幽閉されたりしながら明治六年（1873）まで生き抜いた。憎まれっ子世に憚る。世に言う悪役のほうが長生きしていたのだった。

さて、そんな世の流れが、主水之介のその後にどれほどの影響を与えたのであろうか。激闘の嵐が、彼の横顔に深い翳《かげ》を加えたのかと思うと、ぞくぞくさせられる。この男には愛刀そぼろと同様の危険な力がある。愛刀と主人公が不思議に共鳴するのも、本作の魅力。そぼろがある限り、主水之介は死地へとひた走る運命なのだ。船の上であやめを抱く彼の行く末を、作者はどう見ていたか。聞いてみたいが……それは野暮というもの。しばらくはふたりとともに江戸の夜空に咲く花火見物の気分にでもなっておこう。

――コラムニスト

この作品は二〇〇四年二月コスミック出版より刊行された
『闇同心　地獄斬り』を大幅加筆修正し、改題したものです。

幻冬舎文庫

●幻冬舎時代小説文庫
ぐずろ兵衛うにゃ桜
忘れ文
坂岡　真

十手持ちの六兵衛は、出世にも手柄をたてることにも興味がない。そんな彼が忘れ物の書物の間に血のついた懸想文を見つけたことから、ある若者の切ない恋路を辿るはめに陥る。人情時代小説。

●幻冬舎時代小説文庫
ぐずろ兵衛うにゃ桜
黒揚羽《くろあげは》
坂岡　真

怠け者の岡っ引き・六兵衛のもとから盗まれた妻の持参金の小判が、盗賊に破られた問屋の蔵から見つかった。「黒揚羽」と名乗った女盗を追ううち、その驚くべき狙いが明らかになる。

●幻冬舎時代小説文庫
ぐずろ兵衛うにゃ桜　## 春雷《しゅんらい》
坂岡　真

古着屋の元締めが殺された。横着者の岡っ引き・六兵衛は下手人捜しに奔走するが、ご禁制の巨砲の図面を手に入れたことから、義父と共に命を狙われてしまう。異色捕物帳、陰謀渦巻く第三弾！

●最新刊
花嫁
青山七恵

長男が結婚することになった若松家には、不穏な空気が流れている。妹は反対し、父は息子を殴り、母は花嫁に宛てて手紙を書き始めた。信じていたものに裏切られる、恐るべき暴走家族小説。

●最新刊
まるたけえびすに、武将が通る。
京都甘辛事件簿
池田久輝

山城長政、通称〝武将さん〟はカフェ店長。ある日、失踪したオーナー古木から謎の紙束が届き、カフェが何者かに荒らされた！　京の路地裏に潜む悪を暴く京風ハードボイルド・ミステリ。

幻冬舎文庫

●最新刊
ハタラクオトメ
桂　望実

ＯＬの北島真也子はひょんなことから女性だけのプロジェクトチームのリーダーに。だが、企画を判断する男達が躍起になっているのは自慢とメンツと派閥争い。無事にミッション完遂できるのか？

●最新刊
途中の一歩(上)(下)
雫井脩介

独身の漫画家・覚本は、合コンで結婚相手を見つけることに。担当編集者の綾子や不倫中の人気漫画家・優との交流を経て、恋の予感が到来。人生のパートナー探しをする六人の男女を描く群像劇。

●最新刊
夢を売る男
百田尚樹

輝かしい自分史を残したい団塊世代の男、自慢の教育論を発表したい主婦。本の出版を夢見る彼らに丸栄社の編集長・牛河原は「いつもの提案」を持ちかける。出版界を舞台にした、掟破りの問題作。

●最新刊
春狂い
宮木あや子

人を狂わすほど美しい少女。男たちの欲望に曝され続けた少女は、教師の前でスカートを捲り言う。「私を守ってください」。桜咲く園は天国か地獄か。十代の絶望を描く美しき青春小説。

●最新刊
愛　ふたたび
渡辺淳一

性的不能となり、絶望と孤独のどん底に突き落とされた整形外科医が、亡き妻を彷彿させる女性弁護士と落ちた「最後の恋」の行方は。高齢者の性の真実を赤裸々に描き、大反響を呼んだ問題作！

闇同心《やみどうしん》そぼろ

坂岡真《さかおかしん》

平成27年4月10日　初版発行
平成27年4月25日　2版発行

発行人——石原正康
編集人——袖山満一子
発行所——株式会社幻冬舎
〒151-0051東京都渋谷区千駄ヶ谷4-9-7
電話　03(5411)6222(営業)
　　　03(5411)6211(編集)
　　振替00120-8-767643
印刷・製本—中央精版印刷株式会社
装丁者——高橋雅之

幻冬舎時代小説文庫

ISBN978-4-344-42334-3　C0193　さ-23-4